異世界に射出された俺、『大地の力』で快適森暮らし始めます！

著 らもえ

ill. コダケ

ISEKAI NI SHASHUTSU SARETA

ORE, DAICHI NO CHIKARA DE

KAITEKI MORI GURASHI

HAJIMEMASU!

ノーナ
人なつっこい家妖精。アホ毛で感情表現することがある。
ルン
耕平の従魔のスライム。食いしん坊。
アイン
耕平の従魔のストーンゴーレム。働き者。
ミーシャ
双剣を操る、獣人の美少女冒険者。森で耕平と出会い、行動をともにする。
杉《すぎ》浦《うら》耕《こう》平《へい》
唐突に異世界に飛ばされた平凡な高校生。お地蔵様から授かった『大地の力』で、様々な物を創りながら森暮らしをする。

主な登場人物
MAIN CHARACTER
オルガ＝クラスラント
ミーシャを狙う男爵家の嫡男。
不遜な性格だが、丸め込まれやすい。
エミリー
リィナ
マロン
三人組で行動している駆け出し冒険者。
ダンジョン内で耕平に助けてもらう。

第一話　神に射出されて異世界へ

むせ返るような熱気に晒《さら》されて、俺――杉浦耕平《すぎうらこうへい》は額《ひたい》から流れ落ちる汗を顎《あご》の下で拭《ぬぐ》った。

日差しが、これでもかと容赦無《ようしゃな》く俺を照らしつける。

アスファルトの道の先が、ところどころで歪《ゆが》んで見えた。

今は終業式を終えて、友人たちとも別れ、一人帰路に就いているところだ。もらった成績表は可もなく不可もなく。いまいちパッとしない内容だった。

来年の夏ごろは受験勉強なんかで忙しくなるんだろうか、と受験で慌《あわ》てふためいていた去年の姉の姿を思い出して、少し憂鬱《ゆううつ》になる。

ちなみに、俺の姉と妹は学校でも美人姉妹として有名だ。両親も美形。平凡な顔の俺はなかなか肩身の狭い思いをしている。小さいころは何で俺だけって思ってたっけ。

帰り道の途中にあるコンビニに立ち寄ると、店内からの冷気が俺を出迎えた。

ふう、ようやく落ち着いたな。

店内で涼《すず》みながら、妹に頼まれていた塩飴《しおあめ》を一袋と、俺のお気に入りの炭酸飲料を購入した。

店を出てから、俺はムワッとする空気の中を歩き、途中のお地蔵様《じぞうさま》に手を合わせる。

初めて見た時あまりにボロかったので、親父と一緒に綺麗《きれい》にしたことがあり、それ以来よく立ち寄るようになった。

お参りを終えて歩き出そうとした瞬間、あたりに霧《きり》のようなものが立ち込めてきた。

いったい何だ？　こんな夏真っ盛りの真っ昼間に霧なんて……

俺が立ち止まり、あたりをキョロキョロと見回していると、少年のような声が聞こえてくる。

「やぁ、ボクは神様だよー」

声の主は、俺を見るなり神を自称し始める。

現われたのは、金髪碧眼《きんぱつへきがん》で幼い顔立ちの少年だ。服はトーガみたいな一枚布を纏《まと》っていて、サンダルを履いていた。

俺が少年に怪しい視線を向けると――

「耕平クンには、これから異世界に行ってもらいまーす」

自称神様がそんなことを言い出した。

ノリが軽いし、急すぎる！　……それはそうと、異世界って本当にあるんだな。いや、学校の問題とかあるし、いきなり行けって言われても困る！

「だいじょうぶー。その辺はこっちでなんとかしておくからー」

本当かよ!?　っていうか、今口に出してなかったのに何で分かった……？

「ホント、ホント。神様にできないことはない……って。まだ信じてないでしょ？　ひどいなぁ、もう。でも、耕平クンの心の中だって読んだし、そろそろ信じてもらえたかな？」

俺の対応のせいか、自称神様はご機嫌《きげん》ななめだ。

「とりあえず、耕平クンをそのまま異世界に送り出すわけにはいかないから。いくつかスキルをあげるよ」

ふむ。たしかに異世界に身一つというわけにはいかないよな。

俺はそう考えて自称神様からスキルを受け取る。

そのスキルとやらを吟味《ぎんみ》してから、異世界に行くかを決めても遅くはないだろ。

まずは『異言語理解《いげんごりかい》』か。向こうの人間の言語が分かるかどうかで、だいぶ生活が変わるからな。いきなり言語学習からスタートするのはハードルが高いし！　それから『簡易鑑定《かんいかんてい》』。もはや定番だが、情報を得るのに欠かせないスキルだ。期待が高まるな！　それでお次は……？

心の中で期待していると――

「以上だよ」

以上!?　これだけじゃ何もできないだろ！　ん、特にすることはない!?　俺があちらに転移した時点でほぼ目的達成？

「君は好きに生きるだけでいいよー」

自称神様が興味なさげに言った。

おい、ちょっと待てやぁ！　いや、失礼しました。待ってくださいよ！　いくらなんでもこれだけじゃ心許《こころもと》ないというか、不安でしかないというか……

俺は縋《すが》るような視線で、自称神様を見た。

「えー？　そんなこと言われてもなぁ……残念だけど、クレームは受けつけませーん」

自称神様が両腕でバッテンを作って言った。

皆さん同じ状況ですよ？　なんて当然のように付け足して言う自称神様。

こいつ、俺のことを馬鹿にしているな？

睨《にら》みつけると、彼は既に手をヒラヒラさせて見送る準備に入っていた。

「んじゃ、そんな感じなんでヨロシクー」

俺が文句を言う前に、突如地面が消えた。

「うおっ⁉」

軽い浮遊感の後、俺は上下左右の判別がつかない宇宙空間みたいな場所に飛ばされたのだと理解する。

体の周りに張られた謎のバリアのような膜《まく》のおかげか、呼吸は問題ないみたいだ。

「……どの、耕平どの！」

……訳も分からず、俺が一人で謎の空間を漂《ただよ》っていると、どこかから声が聞こえてくる。

ふむ？　何やら微妙に透けて見えるおじさんが、俺に声をかけているようだった。誰だろう？

「はい、どなたですか？」

あぐらをかき、俺が腕を組んで浮遊しながら尋ねると、おじさんが答える。

「儂《わし》は地蔵じゃよ。前に雨風を凌《しの》げる建屋を作ってもらったろう？」

もしかして、学校の帰り道にある、あのお地蔵様!?

「そうじゃ。今回はその時のお礼で来たんじゃよ。耕平どのを異世界に送るというのに、あの神は中途半端な加護を寄越して……」

やっぱりそうだよね！　あのスキルだけじゃ足りないよね。今さらになって、何だか一気に不安が押し寄せてきたな、これ。

「そんな耕平どのに儂からも加護を与えておこう」

ああ！　あんたが本当の神だったか！　いや、見た目はお地蔵様だけども。

俺は思わず泣きながら手を合わせた。ナムナム……

「──それと家族に何か伝えたことはあるか？」

「……んー、特にないけど……それじゃあ心配しないでくれ、元気にやっていくよって伝えてくれると嬉《うれ》しいな」

しかし、異世界ってどんなところなんだろうな？　心なしかワクワクしてきたぞ。

「……と、そろそろ時間切れのようじゃな？　儂が与えた加護は『大地《だいち》の力《ちから》』じゃ。向こうでよく確認するのじゃぞ」

おお！　名前を聞くだけですごそうな気がする。ありがとうお地蔵様。ナムナム……

再び心の中で手を合わせていると、空間の先に、突如黒い渦《うず》が出現する。

あの向こうに異世界がある、ということだろうか。

期待と不安の気持ちがないまぜになりながら見つめていると――

渦の中から大きな黒い腕が伸びてきて、俺の体を掴んだ。

「へ？」

俺の身体が渦の中へと引っ張りこまれていく。

「――なんじゃこりゃぁあああああ!!」

引きずり込む勢いがグングンと加速し、展開についていけない俺は目を回した。

すると黒い腕は、手首のスナップを利かせて俺をぶん投げる。

「うぁあああああああああああ!!」

黒い渦から抜けた先は、空中――それも高高度の場所だった。

そして、俺は地面に向かって射出され、真っ逆さまに絶賛落下中。地平線が見えるくらいの高さから、真下に落ちていく。心臓が恐怖でバクバクと鳴り、風が轟轟《ごうごう》と音を立てて俺に吹きつける。

何とか助かる術《すべ》はないかと、俺は周囲を見回した。

何で俺は今、落下しているんだ？　いや、あの自称神様が何かしでかしたのは分かっているけれど！

『ああ、ごめんごめん、手違いで上空に射出しちゃったみたいだね。アハハ』

あの自称神様の声が脳裏に響く。

笑いごとじゃないって！

「何とかしてくれぇぇぇぇぇぇぇぇぇ!!」

バタバタと服の裾《すそ》がはためく音が、やけに耳障りだ。

自称神様が再び俺の脳内に語りかける。

『ふぅ、しょうがない。限定解除付与。耕平クン、これでそのまま着地しても大丈夫だよーっ……て、聞いてないかー。まぁ、打ちどころが悪くなきゃ生きていられるでしょ。んじゃ、よき異世界ライフをー』

自称神様が言っていた言葉は、風の音にかき消されて、よく聞き取れなかった。

目を回しながら落下する俺に、地面がグングン近づいてくる。気付けば、俺の視界が緑一色に染まっていた。

「んぁあああああああああああああ!!」

落下直後、地面が大きく揺れて、周囲に轟音《ごうおん》が響き渡った。

その衝撃に驚いた鳥たちが、いっせいに飛び立つ。

起き上がった俺は、自分が地面を陥没《かんぼつ》させてクレーターを作っていたことに気付く。

ふぅ、一時はどうなることかとヒヤヒヤしたぜ。なんとか着地できてよかった。

自分が作ったクレーターから這《は》い出《で》て、あたりを見回す。

それにしても……ここはどこだ？

見渡す限り木、木、木だらけ。完全に森の中で、それ以外のものは何も目に入らない。

これ遭難《そうなん》じゃん！　道が存在している感じもないし。ひとまず今できることと言えば、もらった能力の確認くらいか。異言語理解は……話す相手が周囲にいないから、今は試しようがないな。もう一つの簡易鑑定は、対象を注視しながら念じると発動するのか。

視界にウィンドウが立ち上がって、物の名前や情報が表示されるらしい。

本当は食べられる物の判別に使いたいが、今のところ大きい木しかないので、こいつの出番ももう少し後になりそうだ。

最後に、俺が一番期待している大地の力を確認する。

どうやら植物に作用したり、地面を動かしたりできるっぽいな。

俺は試しに、身近な木に手を翳《かざ》して力を注いでみる。

「お、一回り大きくなったか？　植物の成長を促《うなが》すことができるのか？」

続けて俺は足下に力を注いで、地面を盛り上げた。簡易的な椅子《いす》代わりになったそれに腰かけて、俺はあたりを観察する。

周りは変わらず木ばかりだけど、生き物とかいるのかな？　あと水も確保しなきゃな。水がないだけで死亡率が上がる、なんて聞いたこともあるし。この大地の力で周囲の状況を探査できないかな？

椅子に腰かけたまま、俺は地面に手をついた。予想通り、自分を中心として円状に周囲が把握《はあく》できた。直後、脳内にさまざまな情報がとめどなく入ってくる。

こんな一気に情報収集できるのか。脳がパンクしそうだ。慣れれば問題ないのかもしれないけど……

加減しつつ探査を繰り返すと、どうやら近場に池、もしくは湖らしきものがあることが判明した。

これは助かるな。ひとまず水源は確保できそう、と。

落ち着いたところで、ふと自分のステータスが気になった俺は、何の気なしに自分を鑑定する。

自分の腕を注視していると、ウィンドウが立ち上がった。

名前　：杉浦耕平
スキル：異言語理解・簡易鑑定・大地の力
称号　：異世界《いせかい》から射出《しゃしゅつ》された稀人《まれびと》

「ぶほっ！」

画面を見た瞬間、俺は噴き出す。

何だよ、射出って!?

ステータスをひと通り確認してから、俺は自分の姿に目をやる。

服装は、飛ばされた時のままで上下ともに夏服の制服。持ち物は、腕時計、コンビニで買った炭酸飲料の五〇〇ミリのペットボトルと、塩飴が一袋。スマホに財布、そしてハンドタオル一枚。

これだけじゃ心許ねぇな……ひとまずさっき見つけた水場にでも行ってみるか。

俺は重い腰を上げて立ち上がり、伸びをする。

それからさっき探査して反応があった方向へ歩き出した。

歩いてみて分かったのは、大地の力のおかげか邪魔《じゃま》な草木が勝手に避けていくことだ。今まで森歩きなんてしたことがなかった俺からすれば、歩きやすくて大歓迎だな。

辿《たど》り着《つ》いた水場は大きな湖だった。豊かな水をたたえていて、透き通った水面《みなも》には魚影が映っている。

釣りでもできれば、当面の食料にも困らなそうだ。

しばらく綺麗《きれい》な景色を眺めてから、俺は決意する。

よし、この湖の近くに拠点《きょてん》を作ろう。

飴を舐《な》めながら、周辺を歩いて、拠点づくりに役立つものはないかと物色《ぶっしょく》する。もちろん、大地の力での探査も忘れない。

この近くに、少し開けた場所があるみたいだな。

俺は落ちていた枝を拾って片手で振りながら、そこに移動する。

向かった先には、折れて倒れた馬鹿《ばか》でかい木があった。根のほうには、雷でも当たったのか焦《こ》げた跡が残っている。

「……しかしでけぇな、この木」

このままでは拠点づくりの邪魔だし、大地の力で何とかできないだろうか？　まずはこの根本をどかさないと。

地面に手を置いて、えいやっ！　と心の中で意気込む。

水が捌《は》けるように周辺の土が動き、根が掘り起こされた。広範囲の土が抉《えぐ》れて、大木の根っこがあらわになる。

「これは持ち上げられないよなぁ……」

木の株《かぶ》の断面だけで六畳以上ありそうなくらい太い。

「どうにか切り崩せないものだろうか……」

大地の力さん！　お願いします！

俺は動画配信サイトで見た、切り株を粉砕するマシーンを想像して念じる。

それと同時に、土砂《どしゃ》が両脇から盛り上がり、巨大な根っこを回転しながら粉砕していく。軋《きし》むような音を立てながら、まるで何枚もの刃が巻き込むように根を粉々にしている。

「おお！　大地の力だけでなんとかなるもんだな！　ひょっとしてこの能力、かなりチートなんじゃないか？」

ここまで加工できるなら、でかい倒木のほうも上手く使えそうだ。製材さえできれば、ちょっとしたログハウスみたいなものも造れたりして！

根っこが土砂によって粉砕されている間に、俺は倒木の枝を切り取ろうと試みる。

何事もイメージが重要だ。足元に落ちていた石を拾い上げ、手のひらのうえで円盤状《えんばんじょう》に形を変えられないか念じる。

石は生き物のように動き、みるみるうちに変形していった。

おお！　成功だ！

俺がイメージしたのは丸鋸《まるのこぎり》の刃だ。再び念じると、丸鋸の刃と化した石が動き出して、枝を打ち払っていく。激しい回転音とともに、次々に木の枝が落ちる。

それにしても……幹だけじゃなくて枝もかなり太いな、これ……ペッペッペッ。

枝を切り落とす中で発生した木屑《きくず》が口に入って、思わず吐き出す。

大工さんも大変だなぁなんて思いながら、やや小振りな枝を釣り竿《つざお》用に確保した。

枝切りを中断して、大木をちらりと見る。

こっちに取りかかるのは明日以降だな。

根っこの粉砕はほとんど終わっており、ふかふかの地面ができていた。

いい畑になりそうだ。

飴を舐めながらそう考えてから、打ち払った細い枝を束《たば》ねて簡易的なベッドを作った。

さて、食事はどうしようか？　探査で何か見つけられないだろうか……

日はまだ出ているが、いつ暮れるか分からない。早く調達した方がいいだろう。

手を地面につけて大地の力を使うと、あちこちで反応があった。

意外と食べられる物はあるみたいだな。簡易鑑定があればおおよその情報も分かるし、安全に食料を手に入れられそうだ。

明るいうちに目ぼしい物を見つけようと、俺は近場から歩いて探し始める。

あたりをつけた場所にあったのは、何かの実が生《な》っている木だった。さっそく、その謎の木を鑑定してみる。

名前：モチモチの木
説明：実は食用可

地球にいた時に聞いたことあるような名前だ……いや、そんなことより、贅沢《ぜいたく》は言わないから美味しくあってくれ。切実に。

実をもいで、汚れを払おうと服に擦《こす》りつける。齧《かじ》ってみると、柔らかい感触が返ってきた。

お？　意外といけるな。名前の通りもちもちしてるぞ？　これは主食になるのかな？　味も悪くないし、何個か確保しておこうっと。

持てる分だけモチモチの実を確保した俺は、探索を再開する。

しばらく歩くと、キノコや木の実、木苺《きいちご》らしき食べ物なんかも手に入った。

両手いっぱいに収穫物を抱え込んだ俺が、大木のあった場所に戻るころには日が暮れ始めていた。

食料も手に入ったし、次は野宿の準備だなぁ。寝食《しんしょく》する場は早いところ、何とか作らないと。

そんなことを考えつつ、火おこしの準備を始める。薪《まき》になる材料はたくさんあるが、火種がない。

そこで俺は動画の知識を総動員して、簡単な火おこし器を作製した。そこらに生えている蔦《つた》を大地の力で繊維化《せんいか》させて弦《つる》を作る。なかなか丈夫なものができた。それから腕の長さくらいの枝に弦を張って弓を作り、棒に巻きつけた。

それから無心で棒を回していると、何とか火を点けることに成功！

結構重労働だな、これ。ん？　よく考えたら、火おこしの作業自体も大地の力を直接木の棒に作用させれば、こんな大変な思いをしなくて良かったんじゃないか……？

軽い後悔を覚えながら、俺は焚《た》き火《び》の熱でモチモチの実を炙《あぶ》った。香ばしい匂いが漂う。

「温めるとチーズみたいに伸びるな。ハフハフ。これは美味《うま》い」

キノコも木の枝に刺して炙る。独特の香りが俺の食欲をそそった。

グッドスメル。醤油《しょうゆ》が欲しくなるな。

キノコは弾力もあって、なかなか歯応えが良かった。それを手持ちの炭酸飲料で流し込む。

大満足だ。

「他の木の実は明日の朝にとっておくか」

満腹になった俺は、焚き火をぼーっと眺めながら考える。

家族のこと、学校のこと、明日以降の俺の生活。

パチパチと火が爆《は》ぜる音だけが夜の森に響く。

焚き火によって照らされた少し先は、見通せないほどに闇が広がっていた。

「森を出るのは難しいかなぁ……やっぱり」

高い木に登れば、現在地が確認できるか？　大地の力で木を高く伸ばせば、遠くまで確認できるかもしれない。


翌朝。朝霞《あさがすみ》が揺らめく中、俺の異世界生活二日目が幕を開けた。

「ふぁ〜〜。体痛ぇ〜」

枝を敷き詰めたベッドだと流石《さすが》に寝心地は好くなかった。

焚き火の残り火に薪を投入すると、火が舐めるように薪の表面を進んでいく。

その様子を見ながら俺は、ペットボトルの残りを飲み干した。

それから大地の力で、手頃な石を小さめなフライパンに変化させる。

この力があれば、必要な調理器具を簡単に作れそうだ。

「さて、顔でも洗いにいくか」

森の中を進み、日の光を浴びながら湖に到着する。

湖の透き通った水を覗《のぞ》き込むと、冴《さ》えない顔をした俺が映った。相変わらず平凡な見た目だ。

顔を洗ってから、空いたペットボトルに水を汲《く》む。

「……見た感じ透明度の高い綺麗な水だけど、そのまま飲めるか？　こんな場所で腹を下したら命取りだし、いちおう煮沸《しゃふつ》するか」

朝一で作製したフライパンもついでに洗って、俺は拠点に戻った。

朝食は、昨日余らせていた木の実をポリポリ齧ったただけ。

量はあるが、この食事は飽きてくる。

「さてと……昨日考えていた通り、現在地を把握するか」

湖とは反対側に小高い丘か山らしき場所があったので、まずはそちらに向かう。

相変わらず木が避けるように動くので、道中に障害になるものはなかった。

目的地に到着した俺は、目に入った太めの木に登ろうとしたのだが……なかなか登れん！

木登りを諦めて、大地の力で枝の高さまで地面ごと自分を上げた。

枝に移り、そこからさらに上を目指す。

見晴らしのいいところまで上った俺の目に入ったのは――

木、木、木……

「やっぱりだめかぁ……」

これは俺一人で人里を目指すのは難しいかもしれない。

当面はここで本格的にサバイバルするしかなさそうだ。

落胆《らくたん》しながら、俺は巨大な倒木のもとまで戻って、その前でしばし考える。

この木、何とか小屋にできねぇかな。

幸《さいわ》い動画配信サイトでサバイバルやらＤＩＹの動画なんかを好んで見ていたこともあって、そういう知識に事欠かない。火おこしにそんなに苦戦しなかったのも、そのおかげだ。

家づくりも技術はともかく、イメージだけなら何とかなりそうだった。

まずは整地。建てる場所を中心から少し外れた位置に決めると、大地の力で平らに均《なら》して硬めの地面を作製した。

次に倒木に手を当てて、俺はログハウス風の建物に変化するイメージを働かせる。

倒木の一部がうねうねと動き出し、均した地面のうえで形を変えていく。

何とか成功……か？

大きなものを変形させたからか、倦怠感《けんたいかん》を覚えた。思った以上に体力を消費したようで、汗もダラダラだ。

俺は地面にあぐらをかいてしばし休憩した。

飴をコロコロと舐めながら、出来上がっていく小屋を眺める。

しばらくしてから、完成したログハウス風の小屋に入る。

「──おお、木の香りがすごいなー」

玄関ドアの丁番《ちょうばん》なんかも木製で、窓も両開きの木の板。完全に木だけで家が出来上がっている。

家の間取りは２ＬＤＫと広々していて、一人で住むなら十分だ。

「……家具なんかもおいおい揃えていかないとなー」

室内を見て回ってから、俺は小屋を出た。

雨風の心配はこれで無くなったな。次は食料か。できれば服も揃えたいな。これ一着じゃ足りないし、替えの下着なんかも欲しい。

服はあとで考えるとして、食料の調達を先にしようということで、俺は釣り竿を作ることにした。

昨日火点け用の弓を作ったのと同じ要領《ようりょう》だ。釣り針は石を変化させて作製。なかなか上手に作れたんじゃなかろうか？

さて、釣りでもしてみますか！

俺はでき上がった釣り竿を持って、湖へ向かう。

歩きながら、その辺の岩の下にいるミミズっぽい生物を餌代《えさが》わりに調達した。

手頃な岩の上に腰をかけて、釣り糸を垂らす。

ちょっとワクワクするな。

魚は案外あっさり釣れた。スレていないからだろうか。

結構でかいぞ！　三十センチくらいはあるんじゃないか！

俺は少し興奮しながら、魚から釣り針を外した。魚はピチピチと跳ねていて、活きがいい。

だがそこで、釣った魚をどう保管するか考えていないことに気付く。

湖の端に、大地の力で加工した植物で生け簀《いす》を作って、釣った魚を泳がせておくことにした。

「あとは、食べられるか調べないとな」

そのまま釣った魚に簡易鑑定をかける。

名前：ニジカワ
説明：食用可。

ふむ、この魚はニジカワっていうのか。綺麗な鱗を持っていて、わずかに虹色に輝いている。

他にもやらなきゃいけないことがあるので、三匹ほど釣れたところで俺は湖を後にした。

帰り際に、俺はモチモチの木に寄って実をいくつかもぎった。

それから拠点に戻って、石から作製した包丁で魚を捌《さば》いて串《くし》を打った。

外に出て、焚き火に串を設置して火で炙る。

あたりに魚の焼ける香ばしい匂いが立ち籠めた。

ほどよく火が通ったのを確認して、俺は串を手に取る。

さぁ実食！

皮はパリッとしていて、身には脂《あぶら》がのっている。

「～っ！　うめぇな！　この魚！」

魚二匹をあっと言う間に食べ終えて、モチモチの実をいくつか摘《つ》まんだ。満腹。

異世界の魚はとても美味だ。

満足したところで、焼かないでおいた残った一匹のことを考える。

「試しに干してみるか」

時間的には今は十五時くらいだろうか？　日はまだまだ高い位置にあるが、体感的にもう午後な気がする。この世界の時間の感覚を完全に理解できているわけでもないけれど。

小屋を造った時の端材で、細々とした道具とか作るか？　いや、その前にリビングに囲炉裏《いろり》を設置しよう！　あと台所に竈《かまど》も欲しいな。

俺は手近なところにあった大きめの岩を見繕《みつくろ》って、岩から三十センチ角くらいのタイルを三十枚くらい作製した。出来上がったタイルを小屋の中へと運び、リビングの中央に並べていく。それから外にあった手頃な丸太でその四方を囲って、中に土を入れていく。

本当は灰を入れたいところなんだけど、そんなにないからな……よし、これで囲炉裏の完成！

出来上がった囲炉裏をウンウンと満足げに眺めてから、台所に向かう。

お次は竈だな。材料は……粘土《ねんど》が欲しいなぁ。イメージで作れないかな。

俺は岩を抱えて、台所に運び込む。

ふぅ、重てぇ。腰に来やがるぜ。

それから岩の変形を始めていく。すぐにイメージどおりの竈が目の前に出来上がった。

そこまで作ったところで、いつの間にか日が暮れ始めていた。

外の焚き火から囲炉裏に火を移して、横になりながらぼーっと火を眺めているうちに、俺の意識は途絶《とだ》えていった。

第二話　未開の森で女の子を拾いました

翌朝。寝落ちていた俺の目に、朝日の光が沁《し》みる。

「ふおぉおお……」

体がバキバキだ。まぁ、昨日は拠点や囲炉裏を作ったり、釣りしたり忙しかったからなぁ……

加えて、床に直接寝たこともあるし。

「今日こそはベッドを作るぞ！」

気合を入れた俺は竈に火を入れ、フライパンでペットボトルの水を煮沸した……それから石製のコップで湯冷ましを飲む。

湖に向かう前に、小屋の外の岩で水瓶《みずがめ》を二つほど作った。

枝を天秤棒《てんびんぼう》代わりにして、水瓶を持ち上げる。

これに水を汲んで、台所の水場代わりにしよう！

空の水瓶を担《かつ》いで、湖に歩き出す。

朝一の湖の水面は、キラキラと太陽の光を反射していた。

「そういえば、動物の類《たぐい》を全然見かけていないな……この世界にも魔物とかいるんだろうか？」

今さらながら少し恐怖を覚えつつ、俺は湖でさっと顔を洗った。

水瓶に水を入れてから、再び天秤棒を担ぐ。

「――よっ、と……風呂にも入りたいなぁ」

独り言を言いながら、俺は拠点へ歩き出す。

風呂桶は大地の力でどうにでもなるが、水がネックだ。

水瓶の量では足りないし……

「魔法なんかが使えればなー」

小屋に入ってから、満杯の水瓶を台所に設置した。

これで水は確保できた、と。

「さて、お待ちかねのベッド作りだ！」

倒木の端材《はざい》は外にたくさんあった。

枝を束ねただけではゴツゴツして身体が痛いので、木枠とスノコ状の板を作って組み合わせる。

これでだいぶましになるだろう。

「藁《わら》なんかがあれば、クッション代わりになりそうなんだけど」

だが、それらしきものがなさそうなので、その辺に生えている草を刈り取って干すことにした。

物干し竿をサッと作って、草をかける。

乾かした後は、スノコの上に敷けばいいかな？

その後も、すぐに使いそうな家具や道具を次々に作製していった。

椅子にテーブル、歯ブラシなんかも木を変形させて作った。岩と木の端材を合わせて、手斧《ておの》、槍《やり》、鉈《なた》、鍬《くわ》、それから背負籠《せおいかご》。どんどんアイテムが増えていく。

日も高くなってきたところで、俺は鉈と背負籠を持って、拠点の周囲の探索に出かける。

モチモチの実、キノコ、木の実などを補充しつつ、そのほかに見つけた薬草や芋《いも》らしきものも採取していく。

切り株があったふかふかの地面に移植したら育つだろうか。あとで試すとしよう。

拠点に戻った俺は、昨日干した魚で遅い昼食をとる。

「ムグムグ……燻製小屋《くんせいごや》とか、あったほうがいいかもな」

干した魚もなかなか美味で、燻製した時の期待が高まった。

脳内のやることリストに加えておこうっと。

食休み中にゴロゴロしながらそんなことを考える。

休みを終えれば、午後も食料調達。

「……また釣りでもするかー」

軽く伸びをしてから、俺は釣り竿片手に湖に向かった。手頃な場所で湖面に釣り糸を垂らす……ん？　さっきなかった違和感があるな……何とは言えないけど……朝に水を汲みに来た時とは何かが違う。

俺はキョロキョロとあたりを見回した。

よく見たら、ほとりの木の陰で人が倒れている！

急いで向かうと、女の人が木にもたれかかっているのが分かった。

「うおっ⁉」

頭にケモミミが生えている！

その人は頭頂部に二つ、ぴょこんと猫耳が生えていた。

っと、そんなことを気にしている場合じゃない……行き倒れか？

腰のあたりに獣に引っかかれたような傷を負っているのが目に入った。

息はしているな。

とりあえず拠点に連れていかないと、と考えるが、元々俺は普通の日本人高校生。

意識のない人を簡単に担ぐだけの力もない。

大地の力で何とかならないかな？

俺は地面に手をついて力を流し込んだ。

……ズモモモッ！　女の人を持ち上げるように、地面が隆起《りゅうき》した。

よしっ！　これなら地面がうまいこと運んでくれそうだ。

ベルトコンベアーのような感じで俺は女の人を寝かせたまま運んだ。拠点までの道が次々と盛り上がり、寝かせた状態の女の人と一緒に移動を続ける。

……小屋の前まで何とか到着した。

ベッドに干し草を敷き詰めて寝床を作ってから、小屋の前の地面に持ち上げられている女の人を気合でお姫様抱っこした。ふんぬぅ！

何とかベッドに寝かせることができて、俺は安堵《あんど》の息をつく。

「ひぃふぅ……」

ハァハァ……意識がない人を運び込むのって、こんなに大変なのか！

俺は汗をかきながら、手当の準備をする。

台所の竈でお湯を沸かして、朝採ってきた薬草を用意した。

それらを女の人のいるベッドまで持っていく。

「尻尾《しっぽ》も生えてるんだなぁ……」

寝ている女の人を観察しながら、俺はそんなことを呟《つぶや》く。

いやいや、まずは手当が先だ！　薬草、薬草！

沸かしたお湯でタオルを絞り、傷口を綺麗にしてから、薬草をすり潰して傷口に塗る。

早く良くなりますように。

ポワッ。

俺が祈りを込めると、呼応するかのように手を当てている場所が淡《あわ》く光った。

お!? 何か光ったぞ、今。一瞬だけど……とりあえず応急処置はこれでいいかな!

慌ただしくてあまり見られていなかったけれど、運び込んだ女性は、まだあどけなさの残る顔立ちで、俺と歳はそんなに離れていなさそうだった。十代だろうか?

髪は肩にかかるくらいの長さで、鮮やかな赤色。背はそんなに高くもなく、俺より拳《こぶし》ひとつかふたつ分低そうに見えた。

身につけているものは革製の胸当てに布のショートパンツ、革製のブーツ。あとは短剣が二本と手荷物が少々。

おっと! そのまま寝かせたら寝苦しいよな。靴は脱がしておいたほうがいいか? あと胸当ても緩めておこう。傷口に雑菌が入って熱が出る、みたいなことがないといいんだけど……

手当てで疲れた俺に釣りに戻る気力があるはずもなく……モチモチの実と木の実で食事を軽く済ませることに決めた。

リビングに戻って、囲炉裏の火でモチモチの実を炙ってから齧りつく。

これも美味いけど、流石にずっとは飽きるよなー、やっぱ。町が近くにあればいいんだけど。女の人がいたってことは、このあたりに人が集まる場所があってもおかしくないよな。

食事を終えた俺は、空き時間で道具作りを始めた。

小屋の外から端材を持ち込み、木製の器《うつわ》、スプーンにフォーク、あとは石でナイフも作った。

「食器棚《しょっきだな》なんかも必要だな」

大地の力を木に込めたら、あっという間に食器棚ができた。

だいたいこんなものかな？

思い浮かんだ道具を揃えたところで、再び囲炉裏の前に腰を落ち着けると、助けた女の子のことが頭を過《よぎ》った。

それにしてもケモミミの子にさっそく出くわすなんてな！　エルフとかドワーフとかもやっぱりいるのかな？

今さらながらここが異世界であることを思い出して、俺はワクワクした。

フィクションでしか知らない、まだ見ぬ種族に思いを馳《は》せる。

しかし、あんな傷を負っているってことは、少なくとも動物の類はいるんだよな？　俺は今のところ見かけなかったけれど、運が良かったのか？　それにこの女の人がどこから来たかも気になるな。このまま放っておくわけにもいかないし、今度聞かないと。


小窓から射しこむ光で、俺は目を覚ました。

どうやらまた囲炉裏の前で寝落ちてしまったらしい。

「ふあぁぁ～」

バキバキになった体を解《ほぐ》すように伸びをする。

さて、今日は問題が起こらないといいんだけどな。

いつも通り台所の水瓶と天秤棒を担ぎながら心の中で祈る。

「……どうせ湖に行くなら、軽く水浴びでもするか？」

俺はふとそこで思いつく。

ここのところ、風呂に入れていないしな……ついでに服も洗ってしまおうか？

囲炉裏の火種を容器に移して持つと、俺は湖へと向かった。


……湖に到着した俺は、枯れ木を集めて焚き火を作った。パチパチと火が燃え上がるのを確認しながら、俺は水瓶に水を溜める。

それから服をいそいそと脱いだ。

バシャッ。キラキラと光る湖の水を手ですくい、体にかける。

お～、冷てえ～。

湖にゆっくりと浸かりながら、汚れを落としていく。

何せ今家には女の子がいるから、流石に汚い格好ではいられないよな。最低限の身だしなみは整えておかないと。

とはいえ、服は着たきり雀の状態だ。だからこそ、身体だけでも綺麗にしておかないと。

湖から上がってタオルで水分を拭う。焚き火の周りで暖を取りながら、洗った服も一緒に乾かした。

パチパチッと爆《は》ぜる焚き火の熱気が当たる。

あったけ〜。

今の俺の格好は、全裸に運動靴。現代日本なら通報ものだ。

異世界の森の中だからこそ許される。

大自然の中ということも相まって、清々しい気分になった。

服が乾いたのを見計らって、それを着てから天秤棒を担いだ。

小屋に戻った俺は、台所に水瓶を戻してから、ベッドがある部屋を覗いた。

まだ女の子は寝ているようだった。

もう一回外に出て、俺は木の実の回収に向かうことにした。

モチモチの木までの道のりは、いつの間にか一本道になっていた。

大きなモチモチの木を仰《あお》ぎ見《み》ると、木漏れ日がサラサラと俺の顔を照らす。

しかし、毎日採っているのに全然減らないな、この実。

モチモチの実以外にもキノコ類を回収してから小屋へ戻る。

食事を軽く済ませてから外へ出て、昨日考えていた燻製小屋をサクッと作製した。

立派な小屋が瞬《また》く間に出来上がる。

何か大地の力にも慣れてきたかも……もの作りも一段落したし、釣りに向かうか。

俺は籠を背負って湖へ歩く。

燻製小屋が完成したから、魚を無駄にすることもない。今日はたくさん釣ることにする。

道中で釣り餌を確保しながら歩き、湖に到着すると、俺は湖面に釣り糸を垂らした。

昨日はこのタイミングで女の子を見つけたんだよなぁ。

何となくあたりを見回してしまう。

とりあえず何もないことが分かって、再び釣りに勤しむ。

釣りの成果は十匹ほど。

小屋へ戻ってから、俺はさっそく下処理をして何匹かに串を打つ。

「ほかの奴は干してから燻製かな」

囲炉裏の前に立ち、串打ちした魚を設置する。

パチパチと脂が跳ね、部屋中に魚の焼ける香ばしい匂いが立ち籠めていく。

その様子をじっと眺めていると、ベッドを置いてある部屋から物音が聞こえてきた。どうやら女の子が起きてきたようだ。

カチャリ、とドアが開く。

「あなたが助けてくれたのだろうか？」

猫耳の女の子が、碧《みどり》の宝石のような両目を俺に向けて尋ねる。

明らかに彼女の口の動きと聞こえてくる音が違う！　もしやこれが異言語理解か！

ようやく異言語理解のすごさを知った喜びを抑えつつ、俺は女の子に尋ね返す。

「あ、ああ、うん。もう大丈夫なの？」

俺の話す言葉も、彼女の耳に入る前に異世界の言語に変換されているのだろうか……不思議な感じだ。

「助かった。礼を言う。四腕熊《よんわんぐま》を相手に不覚を取ってしまってな」

どうやら俺の言葉も問題なく伝わっているらしい。そんなことより……四腕熊!?　何それ！　そんな物騒な熊がこの森にいるのか!?

俺の驚きをよそに、女の子がこちらに顔を近づける。

「……この治り具合は高価なポーションでも使ってくれたのだろうか？　四腕熊との戦闘の傷だけでなく、昔の傷も綺麗さっぱりと治っている。こんなこと普通のポーションでは難しいはず……町に戻れば貯えが少しあるから、ぜひ礼をさせてくれ！」

距離を詰められたことに驚き、俺は後退《あとずさ》った。

「――え？　いやいや、ただの薬草だし気にしなくていいよ？　それより町が近くにあるの？」

鑑定で確認した限り、普通の薬草だったはずだけど。

「いや、町はこの森から出て三日くらいの場所にあるな。それと、この森の端に私がいた村がある」

村が近くにあるなら、欲しいものを購入しに行ける。塩とか……

「ふむふむ。森の端ってことは、村との距離は意外と近いのか？」

「……この場所か？　この建物がどこにあるのか分からないとなんとも言えないな。湖から近いのだろうか？」

あぁ、気を失った状態で連れて来ているから、現在地が把握できないのか。

首を傾《かし》げる少女に俺は答える。

「ああ、ここは湖から歩いて五分くらいのところだな」

「そうか！　それなら今いるこの場所から村までは二日あれば着くな！」

村までが二日、町までが三日か。方角を間違えたら遭難コースだな。でも、木の上から森を確認した時は見当たらなかったけどな……見落としていたのか？　あ、それより先に自己紹介しないと。

「まだ名前を言ってなかったね。俺は耕平って言うんだ。杉浦耕平」

「私はミーシャだ。よろしく」

ミーシャが名乗り終えると同時に、クゥ～と、彼女のお腹から可愛い音が鳴った。

二人しかいない空間だと目立つな。

「おっと、すまん。話に夢中になりすぎた。魚でも食おう！」

俺は立ったままのミーシャを手招きして、囲炉裏の前に呼ぶ。

「す、すまない」

頬を朱に染めながら、いそいそとミーシャが俺の対面に座った。

「――これなんか食べごろだぜ？」

焼けた魚をミーシャに渡してから、俺は台所へと向かう。

湯を沸かし、コップを二つ持って囲炉裏に戻ると、ミーシャが魚を齧りながら聞いてきた。

「……ところでコウヘイは何でこの森に住んでいるんだ？」

確かに何もない森だし、不自然に思うのも無理はない。

「俺か？　実はな……数日前にここは別の世界から、この森に急に飛ばされたんだ」

俺は異世界転移した話をザッとミーシャに聞かせた。

改めて考えても荒唐無稽《こうとうむけい》な話だが、話すうちに自分の中でも少し整理がついた。

「何と！　コウヘイは稀人なのか！　噂《うわさ》では聞いたことがあったが、見るのは初めてだ……」

「稀人？」

俺が不思議そうな顔をすると、ミーシャが稀人について教えてくれた。

どうやら別の世界からこの世界に飛ばされた人間を、この世界では稀人と呼ぶらしい。俺が来る前からそういう噂が流れるってことは、過去にもこういうことがあったのか。

え、あの神様、俺以外にもそういうことやってるのか……渦に引きずり込まれた瞬間の黒い腕みたいなものを見ると、もしかして邪神だったりするのか？　いや、もしそうなら地蔵のおじさんが警告するなり阻止するなりしてくれただろうし……いちおう神様ではあるよな。

「いきなり見知らぬ世界に放り出されてさ。本当にどうなるかと思ったよ……」

遠い目をしながら、俺はそうこぼす。

「それは、何とも……」

どう返せばいいのか分からなかったのだろう、ミーシャが俺に憐《あわ》れみの眼差《まなざ》しを向けてくる。

会ってそれほど経っていない女の子に同情されてしまった……

場の雰囲気《ふんいき》がしんみりとしたのを感じて、俺は話題を変える。

「そういえばさ、ミーシャみたいな獣人は結構いるの？　失礼なこと聞いてたらごめんね」

俺は、昨日寝る前に考えていたことをさっそく尋ねる。

「……ムグムグ、別に構わんぞ……それで、コウヘイの質問への答えだが、場所による、としか言えないな。町にいけば結構いるぞ？　それに、村によってはほぼ獣人しかいないところもある」

「ほうほう」

それは楽しみだ。せっかく異世界にやってきたのだから、色々なものを見たい！

想像を膨《ふく》らませつつ、もう一つ気になっていたことを質問する。

「ミーシャは何でこの森に来たんだ？」

「依頼だ。ミーシャは冒険者をしていてな。たまたま滞在していた村で要請《ようせい》を受けたのだ。森の奥が騒がしいので調査を頼む、と」

奥が騒がしい……ってことは、もしかしたら俺がこの世界に着地した影響かもしれない。

しかし、的外れな推理だったらミーシャを惑わせてしまうし、確信が持てるまでは言わない方がいいか。

「……調査は終わったの？」

「いいや、途中だ。やけに気の立っている四腕熊に出くわしてしまってな。ふだんならあんな森の浅いところには出ない奴のはずなんだが……そいつとの戦闘で大きいほうの荷物も失くしてしまった」

うっ、話を聞けば聞くほど俺のせいっぽいな……

俺は心の中でミーシャに詫《わ》びた。

「――そういうわけで、コウヘイ。しばらくここにやっかいになってもかまわないだろうか？　この場所からだと調査もはかどるし」

ミーシャがおずおずと尋ねてくる。

確かに、森の調査ならここ以上にうってつけな場所もない。

それに、直接的ではないけれど、ミーシャに迷惑をかけていることもあるし……

「俺は構わないよ？　しばらくここで過ごすといいよ」

「ありがとう。恩に着る」

こうして俺の森暮らしに同居人が増えた。

前に作ったベッドはミーシャ用になったので、俺はもう一台作ることにした。

外に出て適当な木材を見繕い、もうひとつの部屋へと運び込む。

床で寝ているだけで、毎朝体がバキバキになるからな。

「コウヘイ、何をしているんだ？」

ミーシャが俺の作業を見ながら、不思議そうに尋ねてくる。

彼女の猫耳がピコッと揺れた。

「ベッドを作っているんだ」

「すまない。ミーシャが寝床を奪ってしまったばっかりに……」

申しわけ無さそうに言うミーシャ。猫耳が伏せられ、尻尾も力無く垂れる。

「怪我をしていたんだし、しょうがないって。それに、これくらいなら簡単に作れるしな」

「そうなのか？　見ていてもいいか？」

「おお。いいぞー」

大地の力で木で枠を連結させていき、スノコ状の板を枠上に載せれば、あっという間に完成した。

「……コウヘイは魔法が使えるのか？」

ミーシャが俺の大地の力を見てから、尋ねる。

「いや、俺のは魔法じゃなくて……元の世界の神様っぽい方からもらった加護の力だな」

ミーシャがそう聞いてくるってことは、この世界にはやっぱり魔法があるのか!?

俺はちょっと興奮気味に聞き返す。

「ミーシャは魔法が使えるの？」

「あぁ。生活魔法《せいかつまほう》と身体強化の魔法なら使えるぞ」

おお！　生活魔法？　便利そうな響きだな。それに、身体強化の魔法なんてのもあるのか。

ミーシャの答えを聞いて、俺は興味津々《きょうみしんしん》になる。

「すごいな！　俺の世界には魔法なんて無かったからな。代わりに科学技術が発展していたから」

「──カガク？　何だ、それは？　生活魔法なら使える奴は多いぞ。子供でもひとつふたつなら習得している。それを使って、お小遣《こづか》い稼ぎもするな」

「へぇー」

興味深い話を聞いた。こちらの世界には科学に相当する言葉はないんだな……

「俺も魔法使えるかな？　もし良ければ、ミーシャが教えてくれないか？」

子どもも使えるっていう話だし、俺もできるようにならないだろうか？

俺は逸《はや》る気持ちを抑えながら、ミーシャに尋ねた。

「いいぞ。といっても、簡単なやつくらいしか教えられないが。身体強化は感覚的になるから教えるのが難しい」

そうなのか！　これはぜひとも物にしなければ！

この世界の常識をほとんど知らないから、ミーシャから話を聞いて新しい知識を吸収するのはとても楽しい。

家の外に出た後も、ミーシャとの話は続く。

話を聞きながら、俺は外の草を大地の力で刈り取り、軽く縛って纏めてから干していく。

これ、大地の力で草から水分取れるんじゃないか？

試しに手を当てて念じてみると、水分が水蒸気となって出ていった。

草からモヤが立ち上る。

この能力、結構応用が利くなぁ。

「コウヘイの加護の力はおもしろいな！　魔法でできる奴はほとんどいないと思うぞ！」

ミーシャに褒《ほ》められて、ちょっと照れた。

もともとは自分の力じゃないので、何とも言えない気分だが……

それもこれも元の世界のお地蔵様のおかげだ。グッジョブなんだぜ！　ここまで不便なく生活させてもらっているお礼に、地蔵を作ろうか？

そんなことを考えて、俺は昂《たかぶ》った気分で小屋の裏へと向かった。

小屋の裏手にあった手頃な岩を、大地の力で変形させて地蔵を作る。

岩がグニョリと形を変える様子は、何度見てもおもしろい。ついでに、お地蔵さんが雨風を凌げる小さな祠も建てた。

これで、良し、と。

パンパン！

俺はお地蔵様に対して、二礼二拍手一礼をする。

作法はうろ覚えだし、確か父とお地蔵様にお参りした時に注意された気もするけれど……

とにかく感謝の気持ちを伝えるのが大事だ、と思いながら、俺は心の中で唱える。

加護を与えてくださりありがとうございます。俺はなんとかこっちの世界でやっています。

「コウヘイ！　何だそれは⁉」

それっていうのは……この小屋のことか。岩の加工のことか。それともお参りの作法か？

興奮気味に聞いてくるミーシャに、俺は尋ね返す。

「ミーシャ、どうした？」

「あっと言う間に神像と神殿ができたぞ！」

大地の力のことか。魔法とは違う力みたいだから、慣れるまでは驚くのも無理ないよな。それにしても神殿って……ちょっとした小屋ですぜ。

俺はミーシャに、今作ったお地蔵様の説明をする。

「これは元いた世界にお祈りの対象として存在していた地蔵というものだ。この方から今見たような加護の力をもらったんだ」

「それはすごいな！　ひょっとして今住んでいる小屋もコウヘイが作ったのか⁉」

ミーシャは興奮したまま聞いてくる。その感情に呼応するように、猫耳がピコピコと激しく動く。

「あ、ああ、こっちに来てからすぐ造った。なにせ、辺り一帯木しかなかったからな」

「コウヘイがいれば、どこでも暮らせそうだな！」

ミーシャの反応を見る限り、加護は魔法の上位互換のようだ。

魔法はそんなに応用が利くものではないらしい。

お礼のためにお地蔵様は作ったが、あの自称神様のほうはどうしようか？　……一応、作っておくか。

お地蔵様の隣に、さっきの要領で神像と小屋を作る。それから、こちらも二礼二拍手一礼した。

「コウヘイ。こっちの子供のような神像は何だ？」

俺がもう一つの石像を作っていると、ミーシャが話しかけてきた。

「こっちのは、俺をこの世界に連れてきた神様だよ」

そういや、神様の名前知らないままだな。この石像を鑑定したら、何の神様かくらい分かるんじゃなかろうか？

そう思いながら、トーガを纏った像に鑑定をかける。

名前：ロキ神の神像
説明：■■■■■

あの自称神様はロキだったようだ。ロキといえば、悪戯《いたずら》好きな北欧の神だと聞いたことがある。

話した時の印象に合っていて、妙に納得してしまった。

だが、名前以外は文字化けしていて、何も読めない。鑑定の性能が上がれば分かるようになるか？

そのまま、お地蔵様のほうも調べた。

こちらの像は、異空間で会ったおじさんの見た目を、記憶を頼りに再現したものだ。

優しげな表情で俺を見つめている。

名前：異世界の地蔵尊
説明：大地《だいち》の加護《かご》

こちらは文字化けしている部分がなく、全部が読み取れた。

大地の加護？　俺がもらった大地の力とは違うんだろうか？

「俺をこっちに連れてきた神様は、ロキ神というやつだった」

「ロキ神……ミーシャは聞いたことないな」

おっと、あの自称神様、もといロキ神はこっちではあまり有名ではないのか。

ミーシャと二人で小屋の中に戻り、俺はリビングにも神棚《かみだな》を作った。

何かご利益《りやく》ありそうだし。

祠の時と同じように、二礼二拍手一礼しておく。

神棚がポワっと一瞬光った。

「うおっ⁉」

「どうした、コウヘイ？」

俺が驚いた声を上げると、怪訝《けげん》そうにミーシャが聞いてくる。

彼女の尻尾がピンと張った。

「今、神棚が一瞬光ったように見えたんだが……」

「それならさっき外でお祈りした時も光っていたぞ。コウヘイが気にしていないから、普通のことだと思っていた」

そうなのか。小屋は薄暗いから、俺でも分かったけど……外では目を瞑《つぶ》っていたし、明るかったから光ったことに気付かなかった。

神棚が光ったことに首を傾げつつ、二人で食料の採取に向かう。

日はまだ高く、森を散策する時間は充分ありそうだ。

「……ミーシャはもうそんなに動き回って大丈夫なのか？」

俺は、病《や》み上《あ》がりのミーシャを気遣って確認する。

「うむ。平気だぞ。コウヘイの手当てが良かったのだな。様子を見ながら調査にも出たいと思っている」

手当てっていっても薬草を塗っただけなんだけどな。

そういえば、あの時もポワっと光った気がする……

……二人で採取を始めると、あっという間に食料が集まった。

道中、ミーシャの様子を気にしながら歩いたが、彼女は傷の後遺症もなくほぼ全快しているようだった。

すげぇな、薬草。いや、謎パワーのおかげかもしれないけど。

第三話　魔法の勉強

食材を集め終えて、俺たちはそのまま小屋に戻った。

台所でさっと採取したものを仕分けて、囲炉裏の前に持っていく。

ミーシャと二人で、それらを火で炙ってから齧りついた。

黙々と食事を進めながら、俺はぼんやり考える。

ああ。調味料が欲しいよ。調味料。

早くも食べ飽きてきた食べ物を腹に収めてから、ミーシャに声をかける。

いよいよお楽しみの魔法を学ぶ時間だ。

「――それで、どうすれば魔法を使えるようになるんだ？」

「うむ。まずは自分の中にある魔力を認識することからだな。手を出せ」

ミーシャが俺の手を掴み、握手した。

彼女の手は小さく、剣ダコのせいか少しゴツゴツしていた。

女の子と握手なんていつ以来だろうか。

ちょっとドギマギした気持ちになっていると……何かがゾワゾワと俺の腕の中を侵食してくるような感覚に襲われた。

「うッ!?」

「大丈夫か？　コウヘイ」

その何かは腕を伝って、心臓、下腹部へと流れていく。

手を握ったまま、ミーシャが説明を始めた。

「これが魔力……と言われているものだ。この流れを切らさずに、自分の中で循環《じゅんかん》させるのだ」

結構キツイな、これ。胃はムカムカ、ケツのあたりはもぞもぞ、背筋《せすじ》はゾクゾク。ちょっと気分が悪くなってきた。

「他人の魔力が流れると、身体が拒否反応を起こすんだ……あとは自力で魔力を感じ取り、循環させるといいぞ」

ミーシャは、そう言って手を離す。

これまでもイメージ力で乗り切ってきた俺だ。魔力だってきっと上手く捉えられるはず。

そんなことを考えながら、俺は魔力を循環させる。

ミーシャが手を離してから、ムカムカやゾクゾクといった感覚は収まったが、循環させるのが難しくなった。

これは、思いのほかキツイ！

「くっ」

何とか体内循環のイメージを構築して、魔力を回す。

そんな俺の様子を見ながら、ミーシャが口を開く。

「普通は親や近親者から教えてもらう。血縁なら拒否反応が出ないからな」

そうなのか。でも、確かにミーシャの言うとおり、拒否反応が出ないなら、誰かに手をずっと握ってもらったままの方が楽だよな。

そんなことを考えつつも、俺は何とか魔力を回すことに成功した。マンガやアニメのイメージを取り入れたのが、功を奏したな。丹田《たんでん》を意識することが肝心だと分かった。

汗がダラダラと流れている。頭も痛くなってきた。

「で、できた……」

「慣れれば息をするようにできるようになる……ひとまずは成功おめでとう。もっとかかるかと思ったが、意外と早かったな」

ミーシャからお褒めの言葉をいただいた。どうやら及第点《きゅうだいてん》をもらえたようだ。

ここから、腕とか足など任意の場所に魔力を集中させることができれば、身体強化ができるらしい。

俺には、そんな余裕は今のところないけれど。魔法を使いこなすには、まだ先は長そうだ。

「それで魔法の属性だが、火・風・土・水の基本四属性に陰と陽、無属性なんかがある、と言われているな。ミーシャはあまり属性魔法が得意でないから、詳しいことは分からないが……その辺は学校にでも行って聞いてくれ」

学校で魔法を教われるのか！

こっちの学校ってどんなんだろうか。元いた世界の映画か何かで見た、魔法学校とかもあるかな。

「そうなのか。ありがとう」

俺が言うと、ミーシャが頬を赤く染めながら応える。

「礼には及ばない。コウヘイはミーシャの命の恩人だからな！　明日は生活魔法を教えようと思う」

「生活魔法かー、どんなのがあるんだ？」

「種火を灯したり、水を出したりとかだな。あまり期待するようなものでもないと思うが……」

俺は心の中で勢いよく首を横に振った。

いやいや、ミーシャさん！　火をおこすのとか結構大変でっせ。水だってそんなすんなり手に入るもんやない！　馬鹿にできまへんで。

「まぁ、楽しみにしておくよ」

「……？　そんなに難しくはないから、コウヘイならすぐに習得できるかもしれないな」

ミーシャが、こちらに怪訝《けげん》な目を向けつつ応える。

おっと、魔法の話に興奮して、思わずキャラ崩壊してしまった。ミーシャには気付かれていないはず！　大丈夫だよな？

俺は咳払いをして、話題を変えることにした。

「ゲフン！　そういえば……魔法以外に俺がいた世界との違いってあるのか？　……一年間の日数とか、曜日の感覚とかって？」

「だいたい一年は十二カ月で四百日だな。一週間は七日で陰《いん》・陽《よう》・火《か》・水《すい》・風《ふう》・土《ど》・命《めい》の曜日がある。魔法の属性に似ていると覚えてくれればいいぞ。一カ月は三十三日と三十四日の月があるな」

ふむふむ。ひと月あたりの日数が多くて、一年が少し長いってくらいか。

「へぇ、じゃあ一日は何時間なんだ？」

「一日は三十時間になる」

数日ここで暮らしてみて、もとの世界の時間より長いんじゃないかな、とは薄々思っていたけど……

「――そうか。元いた世界と多少の共通点があっただけでも良かったよ。まるっきり違っていたら覚えるのも大変そうだし」

「常識から学び直さなければならないとは、コウヘイも大変だな……」

「まぁ、そういう違いを知るのも面白いから、いいんだけどね」

俺の言葉にミーシャが微笑んだ。

翌朝。

痛、くなーい！

床とは違う場所で睡眠がとれたからか、いつもの痛みを感じずに起きることができた。

俺は朝のルーチンをこなすべく起き上がり、天秤棒を担いで家を出た。朝の新鮮な空気を胸いっぱいに吸い込みながら、歩き慣れた道を進む。

……湖にはミーシャが先に来ていて、朝の支度《したく》をしているようだ。水しぶきが舞う音があたりに響き、湖面を撫《な》でる風の音が聞こえる。どうやら彼女は水浴びをしているらしい。

つい湖の手前で足が止まる。

ミーシャの短く揃えられた赤い髪がキラキラと光る水面に、まるで宝石のように反射していた。

彼女の瞳は光を反射して碧《あお》く輝いており、深い海のような奥深さを持っている。

水浴びする彼女の肌は滑《なめ》らかで、まるで陶磁器のようだった。

「……キレイだ」

思わず呟くと、ミーシャが頬を染めて、手拭いで前を隠しながら振り向いた。

「――コウヘイか。おはよう……あまりジロジロ見ないでほしい」

「お、お、おはよう」

動揺しながら挨拶だけして、俺はすぐに回れ右をした。

ミーシャは支度を終えると、そそくさと小屋へと戻っていった。

……今までと違う朝だ。

今日はミーシャにいよいよ魔法を教えてもらうからな。

バシャッ。俺は心なしか気合を入れて顔を洗った。

俺が朝の支度を終えて小屋へ戻ると、先に戻っていたミーシャが薪を集めていた。

「これで火種の練習をするのか？」

「別に薪が無くても火種の練習はできるが、火力を上げる練習になるからな」

俺は台所に水瓶を置いて、朝食の用意を始める。

軽く朝食を済ませたあと、二人で小屋の外に出た。

いよいよ魔法の練習だ！

「まずは火種の生活魔法を教える」

ミーシャの言葉に、俺はワクワクしながら話を聞く体勢を整えた。

「おう！」

「昨日魔力循環を体験してもらった時に、コウヘイは腹の下に魔力の渦があるのを確認できたか？」

「ああ」

魔力循環の練習をした時の流れを思い出しながら、頷《うなず》いた。

「その腹の下にある魔力の渦から指先へと魔力を集中させて、蝋燭《ろうそく》の炎を思い浮かべながら、火種と念じるとできるぞ。火種」

ポウッ。

唱えた瞬間に、彼女の指先に火が灯る。

おお！　魔法だ！

ミーシャは、指先の火を薪に移した。パチパチと爆ぜながら薪に火が点く。

さっそく、俺もミーシャを真似て挑戦する。

目を瞑り、丹田のあたりに意識を集中させた。そこから指先へと魔力が送られるイメージをはたらかせる。粘度の高い液体が身体の中を移動していく感じだ。

「……結構難しいな、これ」

だが、思ったように俺の指先まで動いていかない。

「最初は魔力を動かすのが難しいかもしれないが、慣れれば水のようにサラサラ動かすことができるようになるぞ。あと、魔力を頭部と目に集中させれば、魔力の動きを視認できるようにもなる」

そう言われても、指先と同時に進行するのは無理！

何とか指先に魔力を動かすことに成功した。

それから蝋燭の火をイメージする、だったな。

俺は、ゆらゆらと揺れる蝋燭の火を脳裏に思い浮かべる。

「――火種」

プスンッ。一瞬、俺の指先が光って、煙が出る。だが、それだけだ。

「今のは指先への集中が不十分だったせいだな。指全体に魔力が集まっていた」

ミーシャが腕を組み、俺の指先を見ながら指摘する。

「むむむ……」

俺はさっきより念入りに集中して、指先に魔力を集めた。

「……火種」

ボワッ！

熱気が俺の顔にあたり、立ち上った火が俺の前髪を少し焦がした。

「うおっ⁉」

俺は、ライターの火を何倍かにしたような大きさの火に驚く。

集中が乱れたせいか、その火はすぐに消えてしまった。

これは、部屋の中で練習するのは危ないな。

「今度は、イメージが不十分だったな。それから動かす魔力も多すぎたみたいだ」

そんなこと言ってもミーシャ先生……これは魔法の初心者には難しいですぜ？　だが、途中で諦めるという選択肢はない！

俺は気合を入れつつ、再度挑戦する。

「むんっ！」

ミーシャからの指摘を活かして、さっきより少なめに指先へと魔力を流した。

「火種」

ポウッ。

おお！　これは成功したんじゃないのか!?

俺は、指先に灯った小さな火を見つめる。

「そのまま、集中を途切れさせずに薪に火種を移すんだ」

ミーシャからの指示に従って、指先に集中したまま火を薪に近づける。

火種は薪へと燃え移り、パチパチと音を立て始めた。

「できた！」

その場で、俺はガッツポーズする。

俺にも魔法が使えた！

「やっぱりコウヘイは筋《すじ》がいいな」

腕を組み、うんうんと頷きながらミーシャが褒めてくれた。

「コウヘイの魔力はまだ硬さがあるが、使っていくうちに馴染《なじ》むだろう。今後も体内で魔力を動かすのは鍛錬《たんれん》が必要だが、いちおう合格だ」

「おう！　それで、次はどうするんだ？」

初めて魔法が使えたことに興奮した俺は、急《せ》かすようにミーシャに尋ねる。

「次は水球《すいきゅう》を教えようと思う。手元に水のボールを出せる魔法だな。手や顔を洗ったりするのに使えるぞ」

水球か。この調子でどんどん覚えるぞ！

「両手で球を抱えているイメージを思い浮かべて、手と手の間に魔力を集中させるのだ。そうしたらあとは火種の時と同じように水の球の存在を意識して……水球」

ポワン。

ミーシャの両手の間に水の球が現われて、ふよふよと浮かぶ。

彼女が焚き火の方へ水の玉を投げ入れると、薪の火が消えた。

「こんな感じで、ちょっとした火も消せるな」

ミーシャの説明を聞き終えて、俺も水球に挑戦してみる。

さっきは身体の中から指先への魔力だったが、今度は体の外に魔力を集中させることが必要みたいだ。

丹田にある渦から魔力を引き出す想像をはたらかせる。

手のひらまでは何とか動かせるが、そこから先が難しい。

うーん、こんな感じか？

「……水球」

パシャッ。

水は球の形を維持できずに、地面へと落ちてしまった。

俺の魔法を見た後、ミーシャが口を開く。

「手のひらの間の集中が不十分だったみたいだな……体の外に魔力を集中させるのは、いきなりは難しいかもな。だが、これができると気配察知の時の効率が良くなるぞ？」

「そうなのか？」

手に魔力を集中させつつ、他の場所に魔力を流すなんて同時進行はいまだにできないからな。今回は長丁場になるかもしれない。

「……ミーシャ、今度はすぐにできそうにないかも」

「む、そうか。それならミーシャは周辺を見てきてもいいか？　――夕方には戻る」

そういえば、彼女の目的はもともと森の異常調査だ。ずっと俺に付き合わせるのも申し訳ないよな……ひとまず俺は水球を作れるように頑張るか。

「おお、そうか。気をつけてな」

ミーシャが、支度をしに小屋の中へと戻っていく。

俺が薪の前でうんうん唸《うな》りながら水球の練習をしていると、ミーシャが革製の胸当てと短剣を装備した格好で現われた。

「――では、行ってくる」

「おう。行ってらっしゃい」

ミーシャを見送ってから、しばらく水球の練習を重ねている間に、昼になった。

俺は小屋へと戻り、湯冷ましで一服する。ついでに昼食も軽く済ませた。

……小屋を出てから、ふと燻製小屋が目に留まった。

作ったばかりで、まだ一度も使っていないことを思い出して、俺は干しておいた魚と木の端材を燻製小屋に運び込んだ。

魔法の練習の合間の息抜きだ。

えーと、木はチップにして燻《いぶ》すんだよな？

うろ覚えのキャンプ知識を引っ張り出して、準備を始める。

魚は吊るして、大地の力でチップ状にした木をセットする。

そして、習得した魔法での着火を試みる。

「火種」

火を無事点けられたことを確認して、俺は燻製小屋から出た。

やっぱり魔法は便利だな。いちいち人力で火をおこしていた時とは、雲泥《うんでい》の差だ。この調子で水も使えるようになりたいな。

岩に腰かけて、意識を集中させた。

心なしか、さっきより魔力を動かすのが楽になった気がする。

それでも手のひらの間に魔力を集中させる動作がなかなか思うようにいかない。

一点に魔力を集める感覚……あれだな、昔見たアニメで手のひらにエネルギーを溜める感じ。このイメージなら、上手くいくんじゃないだろうか。あとはミーシャが出した水球を思い浮かべて……

彼女が出現させた、ふよふよと浮いていた水の塊《かたまり》を脳内に描く。

「……水球」

ポワン。

水の塊が、俺の手と手の間で頼りなさげに揺れていた。

成功、か？　おし！　上手くいったみたいだ。

「できたー！」

俺は喜びながら、ぐっと伸びをした。

頭の上に両腕をあげた瞬間、集中が途切れて——バシャッ。

頭から水を被ってしまった。

俺は小屋に戻り、濡《ぬ》れた体をタオルで拭いた。

そういえば、目と頭部に魔力を流したら周囲の魔力が見えるって、ミーシャが言っていたっけ。

言われた通りに魔力を流した途端、自分の周りにモヤのようなものが見えた。

これが魔力、か？

小屋の壁なんかからも微量だが、モヤみたいなものが確認できた。

小屋の外に出ると、同じモヤが広場の周りの木の周りにも漂っていた。

どうやら、この世界は魔力で溢《あふ》れているようだ。

あちこち見ているうちに、目の奥が痛くなってきたので、目に流し込んでいた魔力を止める。

これもいずれ慣れるんだろうか？

そんなことを思いつつ、俺は瞼《まぶた》の上から目を揉《も》んでマッサージした。

「魔法の練習もひと通り済んだし、食材確保に向かうか」

一人呟いてから、釣り竿と背負籠を背負って湖へと向かう。お決まりのコースだ。

さて、今日はどれくらい釣れるかな？

釣果《ちょうか》は十数匹と、ここで釣りを始めてから最多記録を更新した。

日が暮れてきたのを見て、俺は湖を後にする。

小屋の調理場で魚の下処理をしていると、玄関からカチャリという音が聞こえた。

お？　ミーシャが帰ってきたか。

「——ただいま、コウヘイ」

「おかえり、ミーシャ……って、何それ？」

彼女の手元を見ると、何やら無造作に掴まれた動物の姿。

「うむ、一角兎《いっかくうさぎ》だ。血は向こうで抜いてきた」

何と！　兎⁉

ミーシャの話によれば、一角兎は冒険初心者の関門として有名らしい。ただ、攻撃方法が突進しかないため、慣れれば割りと簡単に狩れるということだった。

「俺、獣とか捌いたことないんだけど……」

「そうなのか？　こんなのは慣れだ。大物じゃなければ、捌き方なんてほとんど魚と同じ。アレも基本の処理は一緒だな」

その言葉通り、ミーシャはサクサクと一角兎を捌いていた。

あっと言う間に毛皮、肉、角、骨……とパーツごとに解体されていく。

それから何やら石らしきものが出てきた。

「ミーシャ、この小さい石みたいなのは何だ？」

「これは魔石だ。魔物から取れる。動物と魔物の違いのひとつだな。魔石は、魔道具や錬金術の材料なんかに使われるぞ。あとは角も薬の調合で使われるな」

魔道具か。元いた世界の家電みたいなものかな？　錬金術って言葉もファンタジーらしい響きだ。

ミーシャが捌いてくれた一角兎をフライパンで調理して、俺は炒め物を作った。

さらに、ミーシャが持っていた塩をまぶして火を通していく。

部屋にいい匂いが立ち込めてきた。

でき上がった物を木の皿に移して囲炉裏の前に持っていく。

モチモチの実を炙ったやつ以外に、兎肉が並んだいつもと違う食卓。

熱々の肉は、口の中で踊っているようだった。

んめぇな。この兎。兎肉なんて初めて口にしたな。

焼かれた兎の肉は淡白《たんぱく》かと思いきや、なかなかジューシーだった。

ミーシャが持っていた塩もいい仕事をしている。

「モグモグ……ミーシャ、調査はどうだったんだ？」

食事をしながら、ミーシャに尋ねる。

「……可もなく不可もなく、だな。特に変わったところは見受けられなかった。強《し》いて言えば、動物の類とほとんど出会わなかったことは、異常と言えるかもしれない」

一角兎はたまたま遭遇しただけで、他には何もなく静かだったとか。

「コウヘイのほうはどうなんだ？」

「おお、ミーシャが調査に出た後、水球もできるようになったぜ！」

「――そうか。次は送風《そうふう》だな。ミーシャが教えられる生活魔法はそれで全部だ。水球ができるなら送風の習得もすぐだろう」

送風か。水浴びした後とかに重宝するな。生活魔法以外の本格的な魔法もいつかは習得できるといいな。

「調査のほうは、あとどれくらい時間がかかりそうなんだ？」

「原因が分からないと何とも言えないが、あと二、三日くらいだろうか？」
二、三日か。つまり、ミーシャはその時点で町に戻り、彼女とはそこでお別れ。
俺は少し寂しい気分になった。

一緒に町についていくか？　しかしせっかく揃えた拠点を捨てていくのもなぁ。

……その後も互いの話をしているうちに、夕食の時間が終わる。

それから食後の空き時間で、ミーシャから送風を教わることにした。

「水球までできたなら送風は簡単だ。手のひらの前の空間に魔力を集中させ、手から風を起こすイメージで念じるのだ――送風」

ブワッ。

ミーシャの手から風が巻き起こった。

風量は結構強く、俺の髪が揺れる。

よし！　これも水球と同じようにマンガやアニメをイメージして、魔力を集中させれば！

片手で魔力を前面に集中させて、手のひらから魔力が放出されるイメージを浮かべる。

「……送風」

ブワッ。

俺の手のひらから勢いよく風が巻き起こる。魔力量が風量に影響するようだ。

おし、上手くできた！　一発成功は気分がいいな。

「朝見た時よりコウヘイの魔力の流れが滑らかになっているな。一度で成功させるのは予想外だったがな」

ミーシャがうんうんと頷きながら、嬉しそうに俺を褒める。

「先生がいいからな」

こうして俺は生活魔法の火種、水球、送風を三つとも習得したのだった。


魔法を習得した達成感で、いつの間にか眠っていたらしい。

目を覚ました俺がミーシャに挨拶しに行ったら、今日から本格的に調査を始めると話をされた。

湖以外の三方向に進路を分けて、一日ごとに調べていくようだ。

俺の方は変わらず、習慣となっている水汲みをしてからミーシャと朝食をとる。

彼女が森へ出かけていくのを見送ってから、俺は魚の骨や兎の骨なんかを持って、畑に向かった。

畑の青々とした作物の葉が俺を出迎える。

ここはもともと、薬草や芋を植えた場所だ。

だめもとで植えたはずなんだけど、なぜか育ちがいいんだよね。

俺は砕いた骨粉を作物の根本に撒《ま》いた。

土と混ぜ合わさるように、大地の力を流しながら念じていく。

「——大きく育ちますように」

ポワッ。

俺の手のひらの先の地面が淡く光り輝く。

うおっ!?　畑の土が一瞬だけ光ったぞ？

薬草と芋がグングンと成長を始めた。

こんなに目に見えて分かるレベルで大きくなるのか！　まだまだ大地の力には分からないことが多いな……

ひょっとしたら木以外の物も作れたりして……物は試しということで、端材の木を掴み、布になるようなイメージを思い浮かべた。

両手に掴んだ木の端材に、大地の力を流し込む。

「できた！　これは手ぬぐいにしよう」

ハンドタオルくらいの大きさの布ができたことで勢いづいた俺は、下着やシャツを作っていく。

完全に布の手触りだけど、素材はどうなっているのだろうか？　原理は分からないが、とりあえず着替えを手に入れることができた。その結果に俺は満足する。

そしていそいそと着替えてから、湖へ向かう。

「……洗うか」

持ってきた服を洗って、体を手拭いで拭いていく。

身体を綺麗にしてから、俺は湖面に釣り糸を垂らした。

水面を見ながら、俺はこれからのことを考える。

町へ行って、ミーシャみたいに冒険者になるか？　でも、せっかく作った拠点を放棄するのはもったいない。どちらにしろ足りない物はたくさんあるし、とりあえず一度町で買い出しするだけというのもありか。

釣り上げている間も俺は考え続けた。

でも、町に行くだけでも往復で十日はかかるのか？　うへぇ。それに買い出ししたいとは言ったが、こっちの世界のお金を持っていないんだよな？

それなりに背負籠が魚でいっぱいになったところで、俺は小屋へ向かった。

釣った魚を、慣れた手つきで下処理してから干した。

「……この魔石も何かに使えればなぁ」

部屋に戻った俺は、一角兎から抜き取った薄茶色の魔石を手に取って見つめた。

魔道具とか錬金術に使えるって、ミーシャが言っていたっけ？

俺は、片手で魔石をポンポンとお手玉しながら外に出た。

宙に上がった魔石が、時々キラリと反射する。

「人手がもう少しあれば、できる作業の幅も広がるんだけどな……あっ！」

燻製小屋へと向かう際、片手で弄《もてあそ》んでいた魔石をうっかり地面に落としてしまう。

ズモモモッ！

魔石が、意思を持ったかのように地面の中へ潜り込んでいった。

「あ〜あ、何だよもう……」

初めから何もなかったようにまっさらな地面を見て、俺は肩を落とした。

せっかくミーシャが獲ってきてくれたのに、申し訳ないな。

少し落ち込んだが、なくなってしまったものは仕方ない。

俺は気を取り直して燻製小屋に入った。

出来栄えに期待しながら扉を開くと——

「お、いい感じに燻されてるんじゃないのか？　これ」

燻製独特のいい匂いが漂った。

試しにひとつ取って齧ってみる。

なかなかスモーキーで美味いな。調味料がないのが残念だけど、その辺が充実したら鮭とばとかジャーキーっぽいものも作れそうだ。村か町に持っていけば、商品になるんじゃないか？

「しばらく燻製を量産するかぁ」

俺は燻された魚を抱えて小屋へと戻り、台所の棚に並べる。

せめて塩だけでもたくさん手に入れれば、日持ちさせられるのに……

そう考えていると、玄関の方からドアが開く音が聞こえた。

お？　もうミーシャが帰ってきたのか？　早いな、今日は。

「――おか、え、りー……」

部屋にやってきた者の方を見ると……そこにいたのは、ミーシャじゃなかった。

人型になった岩の塊が、まるで中に人が入っているかのようにスムーズに、こちらへ向かってくる。

俺の前まで来たところで、岩の塊は動きを止めた。

「おおう!?　何じゃこりゃぁ？」

これがもしかして、話に聞いたことのあるゴーレムって奴なのか？　ひとまず鑑定だ、鑑定！

名前：ストーンゴーレム

説明：魔石でできたゴーレム。杉浦耕平の従魔。

ええ!?　知らぬ間に従魔ができちゃってるんだけど!?　魔石って……ひょっとしなくてもさっき土に潜り込んだアレか？

とりあえず、敵意を持った魔物の襲撃じゃないことが分かって一安心。

俺はゴーレムを色々調べることにした。

「……俺の言うことが分かるか？」

試しにゴーレムに話しかけてみると、ゴーレムは俺の声を聞いて頷く。

声は特に発さないようだ。そういう器官がないのだろう。ただ、こっちの言うことは理解しているらしい。

「おい、とかゴーレム、とかで呼ぶのも可哀想《かわいそう》だし……何か名前をつけるか。う～ん。ゴレ、レム、ゴム……」

腕を組んで考え出す俺を、じーっとゴーレムが見つめてくる。

その顔は何かを期待している様子にも見えた。

「……じゃあ、お前は今からアインな！」

ポワッ。

一瞬、ゴーレムもといアインの体が光に包まれた。そしてアインは満足そうに頷いた。

ゴーレムって、こんなに感情表現が豊かなのか。意外な一面だな。

「しかし、今のところ、急ぎで手伝ってもらうことはないんだよなぁ……」

俺がガシガシと頭を掻きながら言うと、アインが寂しそうに頷いた。

「まぁ、しばらくは待機だな」

アインは頷いてから、囲炉裏のあるリビングで体育座りの姿勢になった。

どうやらこれがアインの待機姿勢のようだ。

俺は食べかけの燻製とモチモチの実を持って、囲炉裏の前に向かう。

それらを火でじっくりと炙ると、リビングに香ばしい匂いが広がった。

お？　燻製も火で炙ると、なかなか美味いぞ？

昼食を終えて、午後になった。

俺はアインを連れて外に出ると、周辺を案内した。

何せ生まれたばかりだからな。まずは俺たちがいる場所を知ってもらおう。あとは……このゴーレムに何ができるか次第かな？俺が見た作品だと、番人として動いていたな。

「ここが畑で、こっちが燻製小屋な。そんで、ウチの小屋の裏にあるのがお地蔵様だ」

俺はアインと一緒に小屋の裏へ回り込む。

小屋の裏手の神像に、それぞれ燻製の魚をお供えをしてから、お祈りをした。

ポワッとお供えした物が光る。

「うおっ⁉」

驚いて目を開けると、お供え物がかき消えるようにその場から無くなっていた。

何だ？　また謎現象だ……まぁいいか。何かご利益があればいいんだけど。

お祈りを終えてから、俺はアインに畑の草むしりを教えた。

畑で育てていた作物は青々と繁っており、もう収穫できそうだ。

風に吹かれてサラサラと葉を揺らしている薬草などを見て、俺は首を傾げる。

いくらなんでも早くないか？　二日かそこらだぞ？

試しに芋を収穫した。

掘り起こした芋は、まるまると実っていて重い。

土を落としてから、収穫した芋を持って俺は台所に戻った。

あっという間に日が暮れて、ミーシャが森の調査から帰ってきた。

一角兎を片手に二匹――兎だから二羽か？――持って、彼女は部屋へ入ってくる。

拠点の周りだと、動物の類を全然見かけないんだけどな……こっちが特殊なのだろうか？

そう考えていると、ミーシャが大声を上げた。

「コウヘイ！　ゴーレムがいるぞ！」

「ああ、おかえり、ミーシャ。実はなぁ……」

いったい何と説明すればいいやら……

悩んだ末に、俺は魔石を弄っていたらゴーレムができた、と説明した。

話を聞いたミーシャは、驚いて再び声を上げた。

「ゴーレムを作るなんてすごいな、コウヘイは！　錬金術の中でも高等技術なんだぞ？」

軽く興奮したまま、待機姿勢のアインをさまざまな角度から眺めるミーシャ。

どうやら本来は、多くの手順を踏まなければゴーレムを作れないらしい。

「何か知らない間にできちゃったんだよなぁ……」

俺は自分の頬をポリポリと掻きながら応える。

体育座りをしているアインは、そんな俺たちを無言で見つめていた。

その日の夜は、ミーシャが終始俺を褒めてくれたのだった。


翌日、昨日と同じようにミーシャは朝から森の調査へ向かっていった。

俺はせっせと燻製を作るべく干した魚を回収した。

畑の世話はアインに任せてある。

「……そろそろ町に行くかどうか決めないとなー」

魚を燻製小屋にセットして、木のチップに火を点ける。

魔力の動かし方がだいぶスムーズになってきたからか、火はすんなり点いた。

ミーシャの森の調査も、今日明日あたりで一段落することだろう。

「やっぱり一度町に連れていってもらうか？　こっちでの生活を続けるにしても、必要な物を揃えないとだし……」

特に、塩や調味料は絶対に揃えたい。その間、拠点が無人になっちゃうのは不安だが、この森に入ってくる人もそういないだろう。

最短でもここから町まで約十日。

ちょっとした旅になることを考えて、俺は準備を始めた。

替えの下着と服を増やして、もともと着ていた制服は、部屋の奥に畳んでしまっておいた。

夕陽が沈んで、辺りが暗くなったころ、ミーシャが森から帰ってきた。

一角兎ではなく、何かの動物の肉と角、それから魔石。

ミーシャは両手いっぱいにそれらを抱えていた。

「おかえり。今日は大物に遭遇したんだな」

「ただいま。ああ、道具もないので全部は持って帰ってこれなかったが……」

大きめの鹿——森林鹿《しんりんじか》という魔物を狩ったと話してくれた。

大きすぎるので大半の肉は置いてきたみたいだ。

今夜のメインは鹿肉だな。

「いや、充分だよ！　それから前から気になっていたんだけど……ミーシャは毎回魔物を狩ってくるよな？　周辺だと動物や魔物が出るのか？　俺、まだ遭遇したことないんだけど……」

兎だけならともかく、鹿までいるとなると、いよいよ俺が一切魔物にも動物にも会わないのが不思議だ。

いくら同じルートしか歩いていないとはいえ、小動物くらいなら見かけてもおかしくないはずなんだけど……

動物の餌になりそうな木の実は、たくさんあるというのに。

ミーシャも不思議に思ったようで、首を傾げながら答えた。

「この小屋の周りだと確かに出ないな。ここから少し離れると、ちらほら見かけるようになる。離れれば離れるほど、な。それでも今までと比べると少ないように思うが」

「そうなのか。人が住んでるから近づいてこないのかな？」

「いや、普通なら魔物は人に近づいてくるぞ？　餌になるからな。縄張りからは、あまり出ない印象だが」

そうか。魔物からすれば、人間は捕食対象なのか！　怖っ……！　今さらながら、そんなところのど真ん中に住んでるんだな、俺。

魔物の恐ろしい生態を知って、俺が身震いしていると、ミーシャが神妙な顔で話を続ける。

「……今日は星降《ほしふ》りの跡《あと》を見つけたぞ。おそらくこれが森の異常の原因だ」

星降り？　……隕石《いんせき》のことかな……ん？　隕石ってもしかして……

「何かが落ちてきたような、地面がへこんだ場所を見つけたのだ。これが原因で、魔物や動物が縄張りを移動した結果、森が今の状況になったのだろう」

もしかしなくても俺のせいじゃねーか！　いや、正確にはあの自称神様――ロキ神のせいなんだけどな！

これまで熱心に調査した成果が出たことに、ミーシャは得意げになっていた。

彼女の様子を見ると、真実を伝えるのはかなり心苦しい……これはどうしたものか。

「そ、そうなのか。じゃあもう森の調査はおしまい？」

「いや、あと一日、まだ見ていない方角を調査してみる」

このまま隕石が原因だと報告されたほうが、丸く収まるような気もする。俺が降ってきて、その衝撃で森の真ん中にクレーターができましたって、わけ分かんねーもんな。ミーシャにも、ロキ神に連れてこられたとしか説明していないし……今は黙っておこう。

真実は心の内に秘めて、俺はミーシャに尋ねた。

「ミーシャは、調査が終わったら町に戻るんだよな？」

「ああ。コウヘイにお礼もしたいから、よければ町に一緒に来てほしい」

「いいのか？　俺、旅とかしたことないんだけど……」

俺は森から出ることに不安を覚えながら、ミーシャに言った。

「ミーシャがついているから大丈夫だ。これでも、ミーシャは銀級《ぎんきゅう》の冒険者だからな！」

「銀級？」

「冒険者にはランクがあって、下から青銅級《せいどうきゅう》・鉄級《てつきゅう》・銅級《どうきゅう》・銀級《ぎんきゅう》・金級《きんきゅう》。その上に特級《とっきゅう》があるんだ」

それから、ミーシャの若さで銀級は優秀なのだと、自慢げに彼女は言った。

「そういえばミーシャは何歳なんだ？　女性に歳を聞くのは失礼かもしれないけれど」

「コウヘイなら大丈夫だぞ。ミーシャは十三歳だ！」

「俺は元いた世界だと十七歳だけど……こっちの世界の基準に換算すると、あっ、十二歳だ」

「ミーシャと近いんだな！」

ミーシャが嬉しそうに言う。

猫耳がピコッと動き、尻尾がゆらゆらと揺れていた。

「……それで、冒険者って俺でもできるのか？」

「うむ、基本は誰でもできる。犯罪者なんかはダメだけどな。八歳〜十歳くらいで始める人が多いな。最初は、町でのお使いを依頼されることなんかが多いな」

ほうほう、お使いかぁ。しばらく冒険者として稼いでおくのもありかもしれないな。簡単な依頼なら俺にもできるだろう。

あ、お金の価値自体がどうなっているのかも聞いておかないと。

「お金はどんな種類があるんだ？　俺、こっちのお金とか持ってないんだけど……」

「下から銅貨・大銅貨・銀貨・大銀貨・金貨・大金貨・白金貨となる。白金貨なんかは商人が大きい取引で使うくらいだから、大金貨まで知っていれば大丈夫だ」

とりあえず、今の無一文状態からは早く脱したい。お金がないというのも、何か落ち着かないからな。

十枚ごとで一つ上の貨幣に上がることも教えてもらった。

銅貨十枚で大銅貨一枚、大銅貨十枚で銀貨一枚……といった具合だ。

覚えやすくて助かった！

中には半分に割った半貨っていう存在もあるようだが、基本は使わないらしい。

それからも町へ行く前に必要な知識をミーシャに確認しながら、俺は夕食の準備を済ませる。

夕食は、ミーシャが持ってきた鹿の脚肉と、畑で採れた芋をふかしたものだ。

初めて食べた鹿肉は独特で、牛の赤身部分のようだった。

嚙《か》むと肉汁がジュワッと出てきて柔らかく、脂身がほとんどないのかさっぱりしていた。

脂っこくないからいくらでも食べられてしまいそうだ。

美味しゅうございました。

第四話　森の外へ

二日が経ち、昨日でミーシャの目的だった調査は終わったのだが、流石に彼女も連日の調査で疲れたということで、今日は休息日にあてることになった。

今は、ミーシャとかち合わないように湖へと向かい、朝の支度を済ませたところだ。

水浴びしている場面に、また出くわしたら気まずいから細心の注意を払った。

小屋に戻り、俺は荷物の整理を始める。

しばらくここを留守にするので、持っていく物と置いていく物を分けなければ……

燻製小屋の魚も集めてから、俺は腕を組む。

どうやって持っていくか……

ちなみに、アインは連れていくことにした。

小屋に置いておいても単体で番人にするには、心許ないし……荷物を持つ時に便利そうだったからだ。いざという時の護衛にもなりそうだ。

俺は木の端材から取り出した繊維に大地の力を使って、丈夫そうなリュックを作製した。着替えや小物類をリュックに詰め込んだが、容量的にはまだ入りそうだ。

道中魔物が出た場合に備えて、護身用のショートソードも岩を変形させて作った。剣と一緒に鞘《さや》も木から作った。

学校の授業で剣道を習ったが、剣を使いこなせるわけではない。気休め程度だな。

「これで、準備はよし！」

俺は指差し確認してから、目の前のリュックとショートソードを眺める。

いや、よくないな……何かちょっと不安になってきた。ん～？　防具がないからか……ミーシャみたいな胸当てくらいはあったほうがいいかな。

大地の力で簡易な胸当てを作ってから、俺はミーシャを呼んだ。

「ミーシャ！　ちょっと来てくれないか？」

防具だったら、出来栄えは現役冒険者の目で判断してもらったほうがいいだろう。

「どうした？　コウヘイ」

「旅の支度をしてるんだが、何が必要かよく分からなくてな。どうかな？」

俺がそう言うと、ミーシャはリュックや装備一式を丁寧に確認し始めた。

「……この入れ物はすごいな。向こうのモノか？」

リュックのことを聞いているなら……元いた世界の物を参考に作った自信作だ！

「いや、俺が能力で作った。材料は木だ」

「何だと！　木だけでこんなこともできるのか……！」

中に詰め込んだ着替えも俺が作りました！　大地の力はいろいろとできるからな。

俺が得意げになっていると、ミーシャが俺のリュックを色々な角度で眺めてから、俺に顔を向けた。

「コウヘイがいれば、何があっても対応できそうだな！」

ミーシャが猫耳を動かしながら褒めてくる。

「いや、さすがにどんなことにもってのは無理だよ」

俺は苦笑した。

何だか少しむず痒い気持ちになる。

「――これは町で売れるぞ！」

ミーシャが俺のリュックの中から着替えを取り出して、顔の前でバッと広げた。

なんでも織り目が均一で、手触りが滑らかということで、しっかり染めれば貴族が買うんだとか。

マジで？　必要にかられて何となく作ったヤツだぞ？

だがこの世界では、これくらいの布でも流通していないようだ。

「じゃあ、もう少し作って持っていこうかな？」

反物《たんもの》にして、アインに持たせればいいだろう。

それからミーシャからの助言で、調理器具を持っていくことにした。

フライパンや鍋を背負籠に入れて、アインに持たせた。

アインがいてくれて助かったな。

ふとミーシャを見たら、彼女はもじもじしつつ、頬を染めていた。

「……ミーシャにも、その、服を作ってほしい……」

突然のお願いに俺は戸惑う。

ええ!?　男の俺が作っていいんだろうか？　サ、サイズとか調べたりするのかな？

俺は戸惑いを悟られないようにしつつ、平静を装《よそお》いながら応える。

「え～と、見本があれば作れると思うけど」

イメージしづらい服を、ゼロから作るのはなかなかハードルが高い。

俺は頭の中でグルグルと思考を巡らした。

「そうか！　ちょっと待っててくれ！」

尻尾をピンと立てながら、ミーシャが自室に戻っていった。

何を思いついたんだろうか？

ガサゴソという音がしたかと思ったら、すぐにやんだ。

そしてミーシャが再び戻ってくる。

脱ぎたての服を持って……

手にその服をのせられて固まる俺。

ミーシャは下着姿だ。

一瞬何があったか分からずフリーズした後、俺の脳が再起動を試みる。

「……コレヲツクレバイインダナ？」

俺は脱ぎたてホカホカの服を持ったまま、ギギギとぎこちなくミーシャを見た。

「ああ、頼む！　できれば上は二着、下は一着それぞれ作ってくれるとありがたい！」

「ワカッタ」

早いところ作ってしまおう……これは何の変哲もないただの布だ。

そう自分に言い聞かせながら、俺は木の端材から繊維を取り出して布にしていく。ボタンなんかも木製で作って取り付けていくと、あっという間にシュルシュルと服が形成された。

「……できたぞ」

俺は出来上がった服と、ミーシャがもともと着ていた服をドギマギしながら手渡す。

「おお！　ありがとうコウヘイ！」

ミーシャが嬉しそうにはにかみ、尻尾をゆらゆらと揺らしながら服を受け取った。

「は、早いとこ着てくれないか？」

「——え？　……きゃっ！」

若干横に顔を向けながらミーシャに言うと、彼女は頬を朱に染めて、ドタドタと部屋に戻っていった。

「……何だよ、もぅ」

一気に力が抜けた俺は、ズルズルとその場に座り込んだのだった。

しばらくの間、アインの背負籠を調整したり、持っていく物を吟味していたりしていると、ミーシャが戻ってきた。

耳はへにょりと垂れ、尻尾も元気が無さそうだ。顔も赤いままだ。

「コ、コウヘイ。その……ありがとう」

躊躇《ためら》いなく服を脱いで渡してきた時は、あまり男女を気にしない文化なのかと一瞬衝撃を受けたが、ミーシャの今の様子を見ると、どうやら違うようだ。

俺は一安心して作業の手を止めると、ミーシャに向き直った。

「いや……どういたしまして」

「助けてもらったうえにあんな上等な服まで……我ながら厚かましい。幻滅《げんめつ》していないだろうか？」

ミーシャが恥ずかしそうに言う。

厚かましさというより、別の理由でびっくりしたけど……

「大丈夫だ。それで、出発は明日で平気か？」

「うむ。大丈夫だろう。四腕熊との遭遇で荷物を失くしてしまったから、もっと準備に時間がかかると思ったが、コウヘイのおかげである程度揃えられたしな！　本当にありがとう」

そうだった！　ミーシャの荷物は大半が森でなくなっているのをすっかり忘れていた！　それに気づけたら、もっとミーシャに気を使えたな。服なんてあっと言う間にできるんだし。でも、女の子に服を作ってあげますよって言うのは、なかなかハードル高いし……

俺は気を取り直して、その場で手拭いやハンドタオルを作ってから、ミーシャに手渡した。

「……ミーシャ。良かったら、これ使ってくれ」

「いいのか？　ありがとう、コウヘイ」

下着はさすがに作ってあげられないけど、タオルくらいはね。

こうして俺たちは旅の準備を済ませて、明日の出発に備えるのだった。

「――いよいよ出発か～」

明けて朝、俺はベッドから起き上がり、軽く伸びをした。

その場で、しばらく過ごした部屋を見回す。

転移二日目からお世話になっている小屋だ。

自分の能力で造ったとはいえ、もらい物の能力だと感じているだけに、この小屋も人からもらったという認識がまだ抜けない。

「……とはいえ、そのうち慣れていくんだろうけどな」

自分の部屋から出た俺は、リビングの神棚で二礼二拍手一礼をする。

これも日課だが、ひとまず今日までか。

今日までありがとう。でもまたしばらくしたら戻ってくるよ。

ポワッ。

神棚は今日も光った。

謎の多いこの現象だが、いまだ光っただけで、それ以上変わったことが起きたためしはない。

いったい何なんだろうな、これ？

何が起こっているのかさっぱり分からん。

ドアの開く音が、俺のいるリビングまで聞こえた。

「おはよう、コウヘイ」

ミーシャが、朝の挨拶をしながら玄関からやってきた。

もう湖に朝の支度をしに行ってきたようだ。ミーシャの朝はなかなか早い。

「おはよう、ミーシャ」

俺はミーシャと入れ替わりで朝の支度をさっさと済ませに行ってから、小屋に帰る。

準備が終わって、いよいよ出発の時間になった。

修学旅行とは違うが、気分はそれに近い。

何だかワクワクするな。

俺は木の胸当てとショートソードを装備して、リュックを背負った。

靴はまだ歩きやすさを重視して運動靴のまま。

アインに背負わせていた背負籠には、鍋などの調理道具と魚の燻製や反物を括りつけている。

「ミーシャ、こっちは準備できたぞ？」

「うむ、ミーシャも大丈夫だ」

彼女はいつもの革製の胸当てに、短剣が二本と革製のブーツという装備だ。

銀級冒険者って聞いてから見ると、どこか強そうに見える。

ミーシャを見た俺は、ニッと口端を上げながら元気よく言った。

「じゃあいくか！」

おっと小屋を離れる前に、もう一つやることがあったな。小屋の裏手の神像とお地蔵様にお参りしておかないと。

パンパン。

ミーシャも見様見真似で祈り始めた。

ポワッ。こっちも謎の光現象を起こすが、特に何も起こらない。

起きてないよな？

俺はあたりをチラッと窺うが、いつもと変わらぬ森が見えるだけだった。

整備されていない森の中は本来歩きにくいと、ミーシャは言っていた。

だが、俺が歩くと——

「ふぁ、これは……すごいな……」

大地の力で、雑草や邪魔な木々が避けるように動いていく。

そんな光景を見て、ミーシャが感嘆《かんたん》の声を出した。

道なき道でも、俺の力があればサクサク歩ける。

俺たちは静かな森の中を進む。

「——村があるのは、こっちの方角に二日だったか？」

「うむ。もう少し行くと、ミーシャが四腕熊に遭遇した地帯に差しかかるな——どこかに移動していてくれればいいのだが……この辺が新たな縄張りだとすると、また出くわすかもしれないな」

今俺たちがいるのは、拠点の小屋から湖方面へ向かって、その対岸辺り。

少し早歩きで歩く俺たちの足音が静かな森に響く。

「コウヘイの力のお陰で二日もかからないかもしれないな」

「そうなのか。それは朗報だな」

俺はキョロキョロとあたりを見回しながら返事をした。

景色はあまり代わり映えしない。

アインは背負籠を背負って、黙々と俺たちについてくる。

「と、このあたりだな。四腕熊に遭遇したのは」

ミーシャの言葉を聞いて目を向けると、少し荒らされた木々が目に入る。

太い幹には爪の跡。周囲には木が倒れていた。

その近くには荷物が散乱している。

「……荷物は……だめか、はぁ」

そのそばに屈んだミーシャが力なく溜息をついた。

猫耳が残念そうにペタンと折れる。

倒木のすぐ近くに散乱していたのは、ミーシャの荷物の残骸《ざんがい》のようだ。

どうやら四腕熊に荒らされてしまったみたいで、散らばった荷物には黒ずんだ跡があった。

ひょっとして血の跡か？

「――回収できる物は持っていきたい。コウヘイ、少し時間をもらってもいいか？」

ミーシャはそう言うと、さっと残骸の分別を始めた。

「……こっちのはもう駄目だな。しかし、現金が回収できたのは不幸中の幸いだ」

ただ、入れ物がだめになっていた。

元々使っていた入れ物は大きめのナップサックのようで、ザックリと爪で引き裂かれて転がっていた。

見かねた俺は倒れた木に手を当てて、大地の力でミーシャのリュックを作る。

「ミーシャ、ほら、これ使えよ」

「おお、ありがとうコウヘイ！　何から何まで済まないな」

「それは言いっこ無しだよ、お父《とっ》つぁん」

「……オトッツァンってなんだ？」

おい、異言語理解って相手に分かるように伝えてくれるんじゃないのか⁉　うっかり変なこと言えないな……

「ゲフンッ。い、いやなんでもない。早いところ荷物をまとめて先を急ごうぜ！」

俺は慌てて、ミーシャを手伝いながら応えた。

まだ四腕熊とやらが近くをうろついていないとは言えないし……できるだけ早くこの場を離れた

いところだ。

「ああ、そうしよう」

俺とミーシャで荷物を集めて、俺の作ったリュックに収納する。

ミーシャがリュックを背負うと、今までよりも冒険者っぽさが増した。

ミーシャが前に襲撃された地点から離れて先に進むと、ちらほらと小動物を見かけるようになった。鼠《ねずみ》や鼬《いたち》っぽい動物たちがうろうろしている。

何だ、この森にも結構動物いるんじゃないか。

転移してから出会った生き物といえば、魚とミーシャくらいだったので、俺は少し感動した。

俺はちらり、とミーシャのほうを見やる。

件《くだん》の耳は周囲の音を拾っているからか、絶えずピクピクと動いていた。

尻尾もゆらゆら揺れていて、警戒しているようだった。

一度、触ってみたい……

ウズッとそんな感情が湧いた。

看病した時に一度撫でておけば良かったか？　でもあの時はそんな余裕なかったしなぁ……いけないな、緊張感がなくなってきてる。油断しないで進もう。

気を取り直して、俺もミーシャのように周囲に気を配りながら歩く。

なるほど？　警戒するっていってもどうすればいいのか分からん。

「……ミーシャ。周囲の警戒はどうやっているんだ？」

俺は素直にミーシャに聞くことにした。

こういうのは、冒険のプロに聞くのが早い。

「む。索敵《さくてき》か。魔力を薄く周囲に伸ばすか……前教えたように目に魔力を集めて見るのもいいぞ」

教えてもらった通りに、俺は丹田の渦から魔力を引き出し、体の外に広げていくイメージで展開した。

かなりの集中力が必要だぞ。これを歩きながらやるの？

いちおう、目にも魔力を集中させてみた。

自分の魔力のモヤのようなものが周囲から視認できる。

魔力のモヤは、俺を中心として歪《いびつ》な円を描くように広がっていた。

「ぐぐ……」

キツイ！

歩きながらやるのはかなり厳しく、俺はその場で足を止めた。

「コウヘイ、それだと魔力が濃過ぎる。敵にも勘づかれるぞ！　もっと薄く、大気と同化させるように均一に広げるのだ」

魔力を流した目でミーシャを見ると、ミーシャの目の周りに魔力が集まっているのが確認できた。

さらにミーシャの体の周りの魔力はよく見ないと分からないほどに薄く、そして均一に綺麗に広がっていた。

まるで静かな水面のようだ。

……ザンッ‼

俺が感心していると、急にアインが何かを警戒するように足を地面に叩きつけて音を鳴らした。

その音に驚き、集中が途切れたため、そのまま魔力視が解けてしまった。

「む⁉」

ミーシャも俺たちが歩いてきた方向を振り返りながら、警戒の声を上げた。

ピピピッと猫耳が揺れる。

「――捕捉されている！」

ミーシャが叫んでから、尻尾をブワッと膨らませて周囲に鋭い目を向けた。

「お、おいミーシャもアインもどうしたっていうんだ？」

俺はオロオロと狼狽《うろた》えながら、ミーシャとアインに質問する。

いきなり何が起きたっていうんだ？　わけが分からない。

「……」

ゴーレムのアインは当然返事することはない。

「まずい、これは四腕熊の気配だ。あと数秒で接敵する！　コウヘイ！　逃げる準備をしておけ！」

ミーシャが緊張した声で答える。

逃げるったってどこにだよ……？

俺はオロオロとしたままあたりを見回す。

ミーシャはリュックを下ろして、アインとともに臨戦態勢を取るのだった。

◆　◆　◆

コウヘイが森に射出された少し前まで、その熊はある森一帯を統べる王だった。

相対した獲物はたいがい腕のひと振りで対処できたし、噛みつきも使えば向かうところ敵なし。

小さいころは不覚を取ることもあったが、幸いなことに大きな怪我もなく成長していった。

成獣になってからは突進猪《とっしんいのしし》と正面からぶつかり合っても打ち負けなかったし、森林鹿の角でもその強靭《きょうじん》な毛皮を貫き通すことはなかった。

まさしく森の王者。

しかし、森の奥には自分より強い獣が存在していると、その熊は幼い頃から母熊に言い聞かせられていた。

森の奥に行ってはいけない、と。

しかし若さゆえか、まだ見ぬ強敵を求めて、その熊は恐れることもなく、ただ闘争心を燃やしていた。

そして縄張りを広げようと、森の奥へ進出すべきか悩んでいた頃——

空から何かが降ってくる気配を察すると同時に、熊のいた森に経験したことのない震動が発生した。

地響きの轟音と大きな揺れによって、熊は混乱した。

何も考えられずに、その熊は逃げ出した。

だが、それからしばらくして、熊は耐え難い屈辱《くつじょく》に襲われた。

王者の自分が、こんなわけの分からないモノから逃げ出すなんて。

いたく自尊心を傷つけられたことで苛立ち、熊は周りの木を爪で傷つけ始めた。

「ガアッ‼」

ザンッ！

平たく言えば八つ当たりだ。

森の奥へ進出しようかどうかなどと、考えていたのがおこがましい。

こんな体《てい》たらくは王者の自分には似つかわしくない。

いらいらした気持ちで、その熊は獲物を見つけては遠慮なく狩っていった。

そんな時、二足歩行の獲物に出会った。

相手は、背に何か大きな荷物を背負った赤い毛並みだ。

あたりを何か見回しているようだった。

だが、先に気づいたのは熊の方だった。

この位置なら不意打ちができる。あの赤い毛並みの二足歩行の獲物は美味いのだろうか？

いらいらしつつもそんなことを考えた。

巨体に似合わず音を立てずに、スルスルと獲物に近づいた。

こんなものは朝飯前だ、と言わんばかりに接近してから——

ザシュッ！

豪腕を振るって不意打ちした。

「くっ、こんなところに四腕熊だと⁉」

獲物は何か叫んでいたが、身のこなしが速い。

切り裂いたのは大きな荷物と、二足の腰の部分だった。

致命傷まではいかなかったが、それなりの手応えを感じた。

あと一撃で仕留められる。

その熊がそう確信した時、二足の獣は大きな荷物を投げ捨てると、一目散に逃げ出した。

しまった。

荷物に気を取られている間に逃してしまった。しかし、あの傷ではそう遠くまで逃げることはできないだろう。

ゆっくり追い詰めるのも一興《いっきょう》だ。

まずは、対象が置いていった荷物でも物色するか。

……荷物から得られたのは、少量の干し肉だった。

いらいらする。

八つ当たり気味に荷物を撒き散らして、周辺の木を張り倒した。

さて狩りの続きでもするか、と対象の臭いを辿ったが、ある一定の場所から先に進めなくなった。

何か、本能のようなものが、その熊の足を踏みとどまらせる。

こんなことは初めてだった。

この森のことは何でも知っているという自負があったが、得体の知れない恐怖のようなものがあった。

足を踏み出すことができなくなる。

熊はまたいらいらしながら来た道を引き返して、違う獲物を探すことにしたのだった。

数日間の狩りの成果に満足しているうちに、その熊は二足歩行の獲物との遭遇の記憶を薄れさせつつあった。

一角兎を見れば狩り、森林鹿を見つければ追い立てて襲撃した。

やはり自分は王者なのだ。この森で自分から逃げられるものはいない。

自尊心が再び満たされていく。

そして再び、その熊は以前逃した二足歩行の獣の匂いを嗅ぎ取った。

歓喜。

どうやら、熊自身が足を踏み入れないようにしている領域を出たり入ったりしているようだ。

出てくる場所はバラバラだったが、待てば出てくる。

熊は獲物を待つことに決めた。

自分の新しい縄張りに入ってきたら、今度こそ狩ってやる、と。

そんなことを考えている熊に、ついにチャンスが訪れた。

二足歩行の獣には同行者がいたが、頭数が増えたところで何も変わらない。

自分は王者なのだから！

その熊は、気づかれないように匂いを辿りながら追跡を始めた。

ある程度近づいたら一気に襲いかかろう、と頭の中で手順を確認しながら、二足歩行の獣の後を追う。

……獲物の一行は、最初に自分と遭遇した地点で何かを集めているようだった。

ここで攻めるか？　いや、もっと引きつけるか。

足が止まっている今は狙い目ではあるが、いかんせん見通しが良すぎる。

自分が木を数本張り倒したせいで、周囲の空間がひらけているのだ。

過去の自分の行動にいらつきを覚えたが、なんとか自制する。

今は狩りの時間だ。集中せねば。

しばらくすると標的が動き出した。

二足歩行の獣の味を想像しながら、その後ろを追いかけると——

獲物の一行がちょうど狩りに適した場所で立ち止まった。

程よく生えた木々が自分の巨体を隠してくれる絶好のポジションだ。

ここだ。

四腕熊は一気に駆け出して、獲物の前に躍り出た。

◆　◆　◆

ザザッ！

巨体の割には、音も少なくそいつは現れた。

「コウヘイ、気をつけろ！」

ミーシャに注意を促され、俺が音のした方を見ると、そこから黒く大きな巨体が出現する。

「ヴフッ！」

威嚇《いかく》の声が響くと同時に、あたりに獣臭が立ちこめる。

ミーシャが短剣を抜いて、巨体と向かい合った。

俺は狼狽えながら後退りする。

でけぇ……

四足歩行（？）の時点で俺と同じくらいの体高がある。立ち上がったら、三メートルは軽く超えてくるだろう。名前のとおり四本の腕を持ち、強靭そうな毛皮が黒く鈍《にぶ》く光っている。

ミーシャがダッと前へ駆け出し、牽制《けんせい》の一撃を見舞う。

「ガアッ！」

キインッ！

四腕熊が爪で短剣を振り払う。

ミーシャは衝撃を受け流そうと自分で後方に飛んだが、熊の力もあって吹っ飛ばされてしまった。

「くっ！」

ザザッと足を引きずりながら、ミーシャが悔しそうな声を漏らす。

おいおいおい。こんなん勝てるのかよ？

軽自動車ばりの巨体だから、軽い攻撃は通らなそうだが……

俺はガクガクと足を震わせながらショートソードを引き抜く。

自分のショートソードやミーシャの短剣が、とても心許なく映った。

どうすればこの場を切り抜けられるんだ……

俺が思考を巡らせていると、アインがスタスタと四腕熊に近づいていった。

「アイン、何を?」

アインは、こちらに何も返事することなく拳《こぶし》を振り上げた。

ドガァアンッ!!

「ギャンッ!」

あの巨体の四腕熊が、たった一撃で吹っ飛んだ。

その光景に呆気に取られているうちに、さっきまでの震えが止まった。

アイン強ぇ~。これからは優しくしよう。怒らせたらとんでもない目に遭いそうだし……

何をされたのか理解するのに時間がかかったのだろうか、四腕熊は頭を振りながら、ゆっくりとこちらに顔を向けた。

「――グオッ! グオッ! グオォォーーン!!」

四腕熊はかなりお怒りの様子だ。

体毛を逆立てて、俺たちに威嚇してくる。

アインがこちらを振り返り、俺に何かを伝えようとしている。

いったい何だ? こんな時に。

アインの視線が向けられていたのは、俺の手。

俺もチラリと大地の力で作ったショートソードを見やったが、すぐに思い直した。

いや、俺の戦い方はこっちだな。

その場にしゃがんでショートソードを置き、手を地面についた。

「――な!? コウヘイ!?」

俺が戦闘を放棄したように見えたのか、ミーシャが叫んだ。

俺は気にせずに、大地の力を地面に流し込む。

ズモモモッ。

地面が生き物のように変形していき、四腕熊を地面に埋める形で拘束《こうそく》した。

「やったか!」

上手いこと四腕熊を地面に埋めたのを見た俺は、つい喜んでしまう。

いや、今の言い方、フラグっぽいな……

「ヴフッ!?」

俺の力によって地面に拘束された四腕熊は、困惑の声を漏らす。

「でかした! コウヘイ!」

すかさずミーシャが四腕熊のもとまで駆け寄って、その首筋に短剣を刺し込んだ。

ザシュッ!

短剣を引き抜いて、ミーシャが後方に下がる。

「ガヴッ!?」

四腕熊は首から勢い良く血を流しながらも、俺の拘束から抜け出そうともがいていたが、数分と経たずに力尽きてしまったようだ。ドウッと力なく倒れる。

「……ふぅ～～っ」

四腕熊が動きを止めたのを見て、俺は大きく息をついた。

「お手柄だな、コウヘイ」

鞘に短剣をしまったミーシャがポンポンと俺の肩を軽く叩く。

いや、トドメを刺したのはミーシャだし、アインがあのまま殴り合ってても勝てそうだった。

みんなの勝利ってことにしておこう。

「――こいつ、どうする？」

俺は、倒れ伏している四腕熊の処理をミーシャに尋ねる。

「……かなり状態がいいし、これは四腕熊の中でも大物だ。できれば持っていきたいが……」

ミーシャは逡巡《しゅんじゅん》している。

理由は分かっている。あまりに大きくて運びきれないのだ。

俺も四腕熊の死体を眺めていると、ちょいちょい、と肩をつつかれた。

後ろを見たら、アインが何か言いたそうな目をしている。

「ん？　どうした？」

尋ねると同時に、アインは背負籠を体の前に背負い直す。それからトコトコと四腕熊に近づいていった。

ガシッ！　ズボッ！

四腕熊の首元をがっしり掴んだと思いきや、あの巨体を地面から引っこ抜き、背負い始めた。

ふらつくこともなく、平然としている。

これならいけそう……か？

ミーシャを見るとあんぐりと口を開けていた。

こらこら、女の子がそんな顔しちゃいけませんっての。だが、驚きたくなる気持ちも分かるぞ。

「――ごほんっ。ミーシャ、これなら運べると思うんだが……」

「あ、ああ。……本当に規格外だな、コウヘイは」

ゴニョゴニョと何やら言っていたが、とりあえず問題ないことが分かった。

四腕熊をアインに持ってもらいながら、俺は血抜きを済ませた。

生活魔法の水球で、首筋の切り傷から血を抜き取る。

思わぬところで時間を取られてしまったが、ミーシャに聞いたところではそれほどタイムロスをしているわけではないらしい。

このまま進めば問題なく二日程度で村に着くということだ。

魔物の肉も魔石を抜かなければ、二日程度なら鮮度を維持できるとのことだった。

気を取り直して、俺たちは再び歩き始める。

俺たちの後ろを、四腕熊を背負ったアインがトコトコとついてくる。

ある程度歩き続けたところで、俺たちは野営を始めた。

少し開けた場所で荷物を降ろしてから、ミーシャと手分けして焚き火用の薪を集めて、夕食の支度をしていく。

「──なぁ、ミーシャ。村ってどんな感じなんだ？」

「む？　村か……開拓されたばかりの比較的新しい村で、常駐の高位冒険者が治めている場所だな」

「冒険者の村なのか⁉」

「いや、何というか……そうだな、新しく興《おこ》した村にはある程度の戦力が配置される。高位の冒険者や貴族の次男、三男なんかだな」

どうやら開拓中に、野盗や魔物が村を襲撃しに来ることがあるらしく、そういった被害を抑えるために戦力を派遣するらしい。なかなか物騒《ぶっそう》な話だ。

開拓がある程度成功されたと国から認められると、そのまま村長に任命されるシステムなのだとか。

「……というわけで数人の冒険者が村専属になっている。何もなければ狩人のようなことをしているな」

「へぇ、おもしろいな」

その後もミーシャからこの世界の常識講座を聞きながら、夕食を済ませた。

アインが背負っていた四腕熊は地面に降ろされて、ちょっとした小山のようになっていた。

解体は村でやってもらうという話だ。

四腕熊の匂いを恐れて、あたりの魔物や動物は近づいてこないらしく、本来なら必要な夜の見張りもしなくて済んだ。四腕熊さまさまだな。

リュックを枕にしながら軽く横になっていると、そのまま眠りにつくのだった。

第五話　開拓村

「ふぁぁ」

久しぶりの地面での就寝で、身体はバキバキだ。

俺は軽く伸びをする。

「おはよう、コウヘイ」

「ふぁ……おはようミーシャ」

ミーシャは先に起きていたようだ。

俺は自分で水球を作って顔を洗ってから、ミーシャと一緒にモチモチの実を食べた。

ミーシャ曰《いわ》く、モチモチの実は町や村では見かけないとのこと。

なんでもこの世界の主食は、小麦でできた硬いパンであるらしい。

支度を終えて、俺たちは歩き出した。

隊列はミーシャと俺の二人が横に並び、その後ろを四腕熊を背負ったゴーレムのアインがトコトコとついてくる形だ。

アインも索敵のようなものができるみたいだから、後方の警戒に当たってもらっている。

昨日も最初に四腕熊に気づいたのはアインだったし……


知らぬ間にかなりの距離を進んでいたらしい。

夕方まで歩き続けると、村を一望できる丘の上に辿り着いていた。

「――おお、村がある！」

俺はちょっと感動していた。

やっと人の住む場所まで来たのだ。

ミーシャはそんな俺を微笑ましく見てから、村のほうへ顔を向けた。

遠くに見える村からは、炊事の煙が立ち上っている。

俺は村の入口のほうへと足を進める。

ちょっとワクワクしていたので足取りも軽い。

「止まれ！」

そんなテンションが高くなっていた俺に、誰かが村の入口の手前で声をかけてきた。

若干怯《おび》えているような声だ。

何だ、何だ？

「後ろの、黒くてでかいのは何だ!?」

俺が何かを言うより先に、呼び止めてきた男が困惑した声で尋ねる。

あぁ、アインの背負っている四腕熊のことか！

「獲物だ！　四腕熊を狩った。私は村で依頼を受けていたミーシャだ！」

「おお！　ミーシャの物だったか！　しばらく戻ってこないから皆心配していたぞ！」

歩哨《ほしょう》の人はそう言いながら、小走りで近づいてきた。ミーシャのことは知っているらしい。

「よく戻ったな。まぁ、中に入ってゆっくりしていってくれ。何もない村だけどな！」

ガハハと男が笑って道を空けてくれた。

村の中に入れてもらった俺は、異世界の村の様子を興味津々に見回しながら、ミーシャについていく。

木で建てられた家が並ぶ通りをミーシャに先導してもらうと、村で一番大きい家の前に辿り着いた。

「マット！　いるか!?　ミーシャだ！」

ミーシャが声を張った瞬間、ドタドタと家の中から足音が響く。

扉が開き、ガタイのいい中年のおじさんが出てきた。

「おお、ミーシャじゃねぇか！　生きてやがったか！」

「ああ、何とかな。それで……今日の宿を頼めるだろうか？　代わりといってはなんだが、土産《みやげ》もあるぞ」

ミーシャはそう言って、俺たちのほうをクイッと顎で示す。

マットと呼ばれたおじさんが目を細めて、顎を擦《さす》りながら言う。

「──暗くてよく分かんねぇが、そりゃぁ四腕熊か？　ずいぶんと大物だな！」

「そうだ、行きと帰りでこいつに二回遭遇してな。一回目は死ぬかと思ったが、何とか助かった」

確かにあの時の大怪我を思い返すと、あのまま俺が見つけなかったら、少しやばかったかもしれない。

俺は遠い目をした。

「そいつぁご苦労だったな！　ウチの村の近くにこんなやつがいたら大変だから、仕留めてくれて助かるぜ！」

マットさんが豪快に笑った。

「ああ。コウヘイたちのお陰で狩ることができたんだ……一度目に瀕死だったミーシャを助けてくれた命の恩人も、この男だ。マットにも紹介しよう、こちらがコウヘイだ」

「あ、ども」

俺は頭を下げて挨拶した。

「――それからコウヘイ、このデカくて騒がしいのがマットだ。昔からの知り合いで、この村では村長のような立ち位置だ」

ミーシャが俺にマットさんのことを説明していると、家の中から女性の声が響いた。

「あなたー！　お客さんが来てるの⁉　もう遅いんだから、入ってもらいなさいよ！」

マットさんは女性の提案に頷いてから、大きな声で応えた。

「おう、そうだな！　上がれ上がれ！　その四腕熊は納屋《なや》にでも持っていってもらえるか？」

納屋の場所を教えてもらって、俺とアインは中に入った。

アインが納屋の空いていたスペースに四腕熊を降ろす。

アインと四腕熊の重みで、木の床がギシギシと鳴った。

アインはこのまま納屋で待機してもらおうかな。

俺が迷っていると、アインがちょいちょいと俺の肩をつついてくる。

「ん？　どうした？」

アインは俺の腕を取って、手のひらを額らしき場所にのせた。

「大地の力を注げばいいってことかな？」

何となくアインの言いたいことを察して、俺はアインに力を流し込んだ。

ポワンッ。

一瞬アインの全身が光った。

薄暗い納屋の中だと、淡い光でもよく目立つ。

「またこの現象か。何だろう」

疑問に思いつつ観察するが、アインが満足げに頷いているのを見て、気にするのをやめた。

感情は読めないが、心なしか嬉しそうだ。

納屋の隅に行って体育座りをするアインを見届けてから、俺は納屋を後にした。

「……お邪魔します」

何となくお辞儀しながら、俺は家の中に入った。

玄関から辺りを見回していると、家の奥からマットさんの声が響く。

「おう！　こっちだ！　こっち！」

マットさんは、居間でミーシャと女の人と座って話していた。

「おう！　ミーシャから聞いたぜ！　森の奥で暮らしているんだってな」

俺が居間まで入ると、入れ違いで女の人が席を立った。

「——今いたのは、家内のサラだ……しかし、森の奥かぁ……何もねぇだろ？　よく住んでいられるな」

マットさんが話を続ける。

「いや、まぁ何というか、成り行きで……」

俺は曖昧に返事した。

どこに何があるかも知らない状態だったから、あの場に留まっていたにすぎない。

本当に成り行きとしか言えなかった。

「――さぁ、出来上がりましたよ」

マットさんと話していると、サラさんが夕食を運んできてくれた。

「あ、手伝います」

俺はサラさんを手伝おうと腰を上げる。ミーシャもそれに倣って、いそいそと立ち上がった。

「今日は突進猪を狩ったんだ」

マットさんが得意そうに話す。

――突進猪かぁ……ミーシャから聞いた話だと、人を見ると一直線に突撃してくる魔物だっけ？

こいつも食えるのか？　まぁ、元の世界でも食べたことはないが、牡丹鍋《ぼたんなべ》とかあったしな。それに鹿が食べられたなら猪も問題ないだろう。

食卓に並んだのは、豚汁のような汁物とパン。

器からはホカホカの湯気が立ち上っていた。

「さぁ！　食うか！」

マットさんの大きな声で食事が始まった。

俺は皆の作法を横目で見ながら、匙《さじ》を手に取る。

とりあえず、食前の文言とかお祈りとかはないみたいだ。

森暮らし中のミーシャの食事を見ても、そういう儀礼的《ぎれいてき》なものはしていなかったし、このあたりではこれが普通なんだろう。

「いただきます！」

俺も手だけ合わせて、さっそくお椀を手に取り、ズズッと口をつけた。

おお！　味噌《みそ》みたいなのが効いていて美味いな！

猪肉はもう少し癖《くせ》があるのかと思いきや、脂身に甘さとコクがあって美味しかった。一緒に入っている野菜も猪肉の旨味を引き立たせていた。

続けてつけ合せのパンを、汁に浸して口に運ぶ。

噛むとジュワッと口の中に汁が広がった。硬いパンだったが、汁に浸《ひた》すとほどよく柔らかくなって、幾らでも食べられそうだった。

俺はパクパクと口の中に放り込む。

これだけ美味しいものを狩ってきたとなると……マットさんがドヤ顔したくなる気持ちも分かるな。

横の席を見ると、ミーシャも猪汁を流し込んでいる。

「おかわりもありますよ」

俺たちの食べっぷりを見ていたサラさんが、ニコニコとしながら言った。

「「おかわり！」」

俺とミーシャは空になったお椀を前に出して、同時に叫ぶように言った。

サラさんがおかわりをよそっている中、マットさんが満足げなミーシャに尋ねる。

「――それで、森の調査はどうだった？」

「うむ。異変の痕跡は確認できた。どうやら星降りがあったらしい。森の奥で見つけたぞ」

「むうぅ……星降りか。それで魔物や動物たちの縄張りが変わったってことか？」

マットさんが唸る。

「ミーシャはそう見ている。実際に四腕熊に遭遇したのもかなり浅い地帯でな。村から一日、二日ほど進んだところだ」

「おう！　ありがとな！　報酬には色をつけて、ギルドに伝えておくぜ！」

「そうか。助かる」

「いやいや、こういうのはお互い様だ！　こっちは村の近くの脅威《きょうい》を取り除いてもらっているからな！」

ミーシャとマットさんの二人の会話を聞きながら、俺は小さくなっていた。

気まずいな……いよいよ異変の原因は、自分が降ってきたせいだとは言えない空気になってきた。

あてがわれた部屋のベッドに、今日の美味しかった夕食を思い出しながら横たわる。

その一方で、ミーシャやマットさんとの話を思い出していた。

ミーシャと二人だった時に、俺が森に落ちてきたことを伝えておけば良かったのだが、直前になって尻込みしてしまった。

なにせ、ミーシャに調査に出向く必要ができたのも、四腕熊に半死半生の怪我を負わされたのも、いわば俺が元凶……そんな中でしれっとこの事実を伝えられるほど、俺は図太い神経をしていない。

その日の俺はなかなか寝つけず、布団の中でもぞもぞとするのだった。


翌朝、俺は見慣れない天井に一瞬首を捻りながら起き上がる。

そういえば開拓村にいるんだった。

朝日に照らされた庭に出て、俺が水球で顔を洗っていると、マットさんが大剣で素振《すぶ》りしている姿が目に入った。

「おはようございます」

「おう！　おはよう！」

ブオンッと勢いのある音を立てて剣を振ったまま、マットさんがこちらを向く。

「そういえば……コウヘイが持ってきてくれた四腕熊だが、どうするつもりだ？　肉はウチで引き取ってもいいんだが、他の素材は町に持っていったほうがいいぞ？」

「あ～……ミーシャと話して決めます」

肉が無くなれば、かなりコンパクトになるし、熊を背負ったままの見た目で怖がらせるといったこともなさそうだ。

毛皮はちょっと欲しいし、その辺はミーシャの意見を聞いてみよう。

そこまで話したところで、マットさんが少し声を潜めた。

「コウヘイ、ミーシャを助けてくれてありがとう。アイツとは俺が若いころからの付き合いだから、かなり心配していたんだ。礼を言わせてくれ」

「いえいえ、当然のことをしたまでです」

マットさんは笑って頷くと、素振りの練習に戻った。

「おはよう、コウヘイ」

俺たちが話しているところにミーシャが加わる。

今しがた起きてきたようだ。

「あ、おはようミーシャ」

「おう！　ミーシャ、か！　おは、よう！」

マットさんが、ブオンブオンッと大剣を振りながら言う。

俺はさっそく、マットさんと話していた四腕熊のことについてミーシャに尋ねた。

「ミーシャ、四腕熊なんだけど、どうすればいいかな？」

「うむ。肉は村に寄付したいと思っている！　ほかの素材、魔石や爪、毛皮なんかは町で売るか」

確かに……毛皮だけ持っていても、いい使い道が浮かばないし、邪魔になるか。

「そうだな。売れる素材は売っちゃおうか。解体はいつやる？」

段取りが分からない俺がミーシャに質問すると、マットさんが口を挟んだ。

「ウチの！　若い！　衆に！　やらせるぞ！」

人手を借りられるのは助かるな。

そうだ！　燻製も持ってきたから、村で消費してもらえないかな。

ずっと持っていても腐らせてしまうだけだし、町までもたない可能性もあるからな。

「ありがとうございます。それで、あの、マットさん……魚の燻製って需要ありますか？」

「おう！　ある！　ぞ……と、コウヘイさえよければ買わせてほしい」

素振りを終えたマットさんが、汗を拭きながらこちらにやってきた。

「そうですか。なら、まずは物を見てもらって……」

俺はミーシャとマットさんを連れて、納屋へ向かう。

「おおう⁉」

皆で薄暗い納屋の中へ入ると、マットさんが大きな声を出した。

どうやら納屋の隅で体育座りしているアインを見て驚いたらしい。慣れないとビビるよね。

口を開けた状態で固まるマットさんを呼んで、俺は背負籠の中から取り出した燻製を手渡した。

「これなんですけど……」

マットさんは魚の燻製をおもむろに毟《むし》って、その欠片《かけら》を口の中に放り込んだ。

「ふむふむ。塩が効いていないから、そんなにもたなそうだな！　全部でどれくらいある？」

「五十匹くらいですね」

「なるほど……銀貨五枚ってところだな！」

この世界の相場は知らない。

高いか安いか判断できないが、チラリとミーシャを見ても特に反応していないようだった。

安く買い叩かれているということはなさそうかな？

「じゃあ、それでお願いします」

「おう！　交渉成立だな！」

マットさんがニヤリと笑って、手を差し出した。

俺もその手を握って笑い返す。

どうせ町まで燻製が持つか分からないのだ。ここはＷＩＮ―ＷＩＮということにしておこう。

納屋を出ると、マットさんが村の人たちを集めてくれた。

四腕熊の解体が始まる。

「そっちを持ち上げろ！」

「おう！」

解体する人たちが互いに声をかけあっている中、俺はその様子を観察していた。

自分でもできるようにならないとね。

ミーシャも俺の横に座って、一緒に眺めている。

四腕熊の解体は、大人数だったこともあって一時間ほどで終わった。

マットさんが俺たちをちょいちょいと手招きする。

俺とミーシャが近付くと、マットさんが村人たちに向けて大声で言う。

「皆！　聞いてくれ！　この四腕熊はミーシャとコウヘイたちが討ち取った物だ！」

「「「おおー！」」」

マットさんの言葉を聞いて、村人たちが歓声を上げる。

「この四腕熊は村から少し離れたところに出没したらしい！　もしかしたら村に被害が出ていた可能性もあった！　そんな四腕熊を討ち取ってくれたミーシャたちは、この村の恩人だ！」

「「「おおー！　そうだそうだ！　恩人だ！」」」

「しかもこの四腕熊の肉は、俺たちの村に振る舞ってくれるそうだ！　皆、こいつらを見かけた時は良くしてやってくれ！」

マットさんがそう言いながら、がっしりと俺の首に腕を回した。

ミーシャの背中をバシバシ叩く。

痛くないのかな、あれ。ミーシャは誇らしそうにしているけど。

それから俺たちは、解体してくれた人から魔石と爪、毛皮などの素材を受け取った。

一緒にもらった肝《きも》は取り扱い注意だと教わったので、その辺の木の端材なんかで個別に入れ物を作って入れておいた。

大がかりな解体が終わり、俺たちは一息つく。

手元には、魚の燻製と引き換えにマットさんからもらった銀貨が五枚。初めて手にした現金だ。

ちょっと、いや、かなり嬉しい。

俺が銀貨を眺めてニヤニヤしていると、ミーシャが話しかけてきた。

「ここでもう一泊してから町にいこうと思う」

「町は結構広いのか？」

「そこそこの広さだと思うぞ。王都や交通の要ほどではないがな」

やっぱり王都もあるのか。

貴族って言葉も聞いたから、王様なんかもいるんだろうなぁとは薄々思っていた。

まぁ、当面そっちに行く予定はなさそうだけれど。

いつか機会があった時にでも訪れてみたいものだ。

夕食の時間になり、マットさんたちと熊肉のステーキを囲んだ。

よく下拵《したごしら》えされて出されたそれは、意外なほど臭みがなく、それほど固くもなく、身はコンビーフのようだった。

口の中でほろりと解れる食感に、俺は目を丸くした。

ミーシャとマットさんはおかわりしていたが、俺は一枚で充分だった。

美味しいには美味しいんだが……コンビーフの食感は流石に飽きが早い。

「――明日には発《た》つのか？」

モグモグと熊肉を頬張りながら、マットさんが聞いてきた。

俺は頷く。

「ええ。町で冒険者登録もしたいですし」

「お！　コウヘイも冒険者になるのか！　冒険者はいいぞぉ！　俺も冒険者になったおかげで、こんな可愛いかみさんができたしな！」

「やだ、あなたったら」

マットさんとサラさんが俺たちをよそにイチャつき始めた。

完全に蚊帳《かや》の外《そと》だ。できれば二人の時にやってもらいたいんだが。

ミーシャが少し顔を赤くしながら、咳払いする。

「ごほんっ。道中、妙な噂なんかは無かっただろうか？」

「おう！　特に聞いていないな！　ウチの若いのをギルドの使いに出した時も普通に帰ってきたぞ！」

「そうか……ひとまずは安心できそうというところか」

「何かあるのか？　ミーシャ」

疑問に思った俺は、手を顎に当てて考え込んでいるミーシャに尋ねる。

「いや、森の影響が外に出ていないか気になってな。四腕熊とまでは言わないが、縄張りが移動した結果、魔物が道中に出てきている可能性もあるだろう?」

うへぇ……確かに。

いきなり魔物と遭遇するのは困るな。

四腕熊の時も、あと少し対応が遅れていたらあのまま襲われていたかもしれない。

もっとも、ゴーレムのアインがその前に何とかしそうではあるが……

第六話　初めての町

翌朝になり、準備を済ませた俺たちは村の入口にいた。

お世話になったマットさんたちと出発の挨拶を交わしているところだ。

「また、ウチに寄っていってね」

名残惜《なごりお》しそうに言うサラさんを見て、ミーシャが頷く。

「ああ、近くに来た時は必ず寄らせてもらう」

「道中気をつけてな!」

マットさんが大きな声で言う。

俺たちの見送りには、マットさんとサラさん、それから数名の村人が集まってくれた。

皆の言葉を受けながら、俺たちは村を離れた。

「お世話になりましたー！」

俺はそう言って、ミーシャと一緒に後方に手を振った。

ここから先は道があるので、先頭はミーシャにお願いしている。

これまで森の中を進んでいたから、周囲を見通せるだけで清々《すがすが》しい気分になる。

まぁ、森の中を歩いている時も大地の力のおかげで歩くのは楽だったけど。

俺は上機嫌で歩を進める。

鼻歌を歌っていると、ミーシャが注意を促す。

「ご機嫌だな、コウヘイ。しかし警戒を切らしてはいけないぞ」

おっとそうだった。魔物がいるかもしれないから森で気を抜きすぎたらまずいよな。集中、集中。

ミーシャから教わった魔力探査を行うと、あたりの情報がいっぺんに頭の中に入ってきた。

これ、頭が痛くなるし、地味にキツイんだよなぁ……

「ずっと魔力を広げなくても、時々で大丈夫だぞ？」

ミーシャにアドバイスをもらった。

最初は短い時間で広げるのがベターだそうだ。それから断続的にオンオフを切り替えて、徐々に探査を広げる時間を増やしておくのがいいとのこと。

ただ、あんまり間隔を開けすぎると接敵される恐れがあるから、注意が必要だとも言われた。足の速い奴は一秒で何十メートルも進むから、急に魔物が目の前に現われるという状況になりかねない。

四腕熊に遭遇した時も、その隙をつかれたみたいだ。

ただ、この間隔の空け方が結構難しい。

長時間探査を広げると、さっきみたいに大量の情報が急に入ってきて頭痛がしてくる。

すれ違う人はおらず、両脇の木はまばら。

そんなに道幅の広くない道の地面を、俺は踏みしめた。

額に手をかざして空を見ると、ピーヒョロロと鳴いて優雅《ゆうが》に飛ぶ鳥の姿。

この世界の鳶《とんび》のようなものだろうか？

「……いい天気だな」

何となくそう呟く。

魔力探査も断続的に発して警戒は怠《おこた》らない。

そういえば、アインはどうやって索敵しているんだろうな？

「……」

ふと後ろを振り返ってアインを見るが、当然反応はない。

今どういう感情なのかも分からない。そもそもゴーレムに感情があるのかすら疑問だけど。

けど、アインを見てると時々人間臭く感じるんだよなぁ。

四腕熊の素材や反物を括りつけた大荷物を背負いつつも、いつもどおりの挙動で歩くアイン。

頼もしい限りだ。連れて来てよかった。

それから俺はミーシャの後ろ姿に視線を移した。

尻尾は左右にゆらゆらと揺れていて、心なしか機嫌が良さそうに見えた。

俺の気のせいかもしれないが。


あまり代わり映えのしない旅路に飽きてきたころ。

日が沈み始めた夕刻手前に、俺たちは今日の目的地に到着した。

そこは旅をする者が使う場所で、ちょっと開けた休憩地だった。

ミーシャと手分けして、野営の準備に取りかかる。

薪を拾い集めて、石組みの竈に火を点けた。

今日から町までは、魔物が出る可能性もあるので夜の見張り役を設けるとのこと。

前に魔物避け代わりに使っていた四腕熊の死体は解体しちゃったからな。

いちおうアインもいるけど、どの程度動けるのか未知数なので、見張りは俺とミーシャの交代制だ。

夕食を済ませてから、ミーシャと見張りを交代するタイミングを決めた。

「あの星が、あっちの木に差しかかったら起こしてくれ」

ミーシャが先に休むことになり、その場で目を閉じる。

俺は焚き火の前に座りながら周囲を見張る。

対面では、アインが体育座りをしていた。

ミーシャのすぅすぅという寝息と、パチパチと焚き火の火が爆ぜる音が響く。

寝ている時は意識していなかったが、この世界の夜は長い。

片手に枝を持って焚き火の火を見つつ、俺は考えごとを始めた。

町へ行ったらどうするか？　冒険者登録はすんなり通るのだろうか？　まだ町の詳細が分からないだけに不安も多い。

その後も考えごとを続けているうちに時間が過ぎていく。

ふと空を見ると、ミーシャに教えてもらった星が、木までやってきていた。交代の時間だ。

俺はミーシャを揺り起こす。

「――む、時間か」

ミーシャが目を擦りながら起き出す。

「ああ、特に異常は無かったぜ。あとはよろしくな」

俺はそれだけ言って目を瞑った。

自分でも知らないうちに疲れていたのか、ストンと落ちるように眠ってしまった。


「……ヘイ……コウヘイ」

どれくらい眠っていただろうか——ミーシャの声と俺を揺する感覚が伝わってきた。

「ふぁあ。もう朝か」

目を擦りつつ起き上がると、ミーシャがお茶の用意をしてくれた。

村で手に入れたお茶だ。ほどよい渋みとさっぱりとした後味で、俺好みだった。

「うむ。おはよう、コウヘイ」

「ああ、おはよう、ミーシャ。アインもな」

ポンポンとアインの肩を叩きながら言うと、心なしかアインが嬉しそうに頷く。

時々アインにもちゃんと話しかけてあげるといいのかもな。

そんなことを考えて、俺はお茶を啜《すす》った。


町までの旅路は、特に魔物や野盗に出くわすこともなかった。

三日かかった旅路も、いよいよ終わりが見えてきた。

目の前には、穀倉地帯に民家がポツポツと立っており、その先には石の塀がある。

あの塀の中が、俺たちの目的の町だそうだ。

町の中が視界に入るころには、馬車とすれ違うようになった。

商品らしき荷物をたくさん積んだ馬車を馬が頑張って牽《ひ》いている。

馬車なんて初めて見たな。馬も間近で見ると結構でかいんだな。

俺が物珍しそうに眺めていると、先頭のミーシャが町への入り口にできた列に並ぶ。

「……あっちには並ばないのか？　空いているみたいだけど」

俺は今並んでいる列とは別の入口を指さして、ミーシャに尋ねた。

ほとんど人がいないし、早く町に入れるんじゃ……

「あっちは貴族用の入り口だ。冒険者でもよほど緊急な用事がある時しか入れないな」

へぇ、そうなのか。貴族の特権ってやつかな？

俺はミーシャの言葉を聞いて、素直に通常の入り口に並んだ。

列の長さを見る限り、ちょっと時間がかかりそうだ。

「そこの旦那《だんな》、旦那。ちょっといいですかい？」

俺たちの列が少し進んだところで、後ろから声をかけられる。

「ん？　何だ？」

俺を呼んでいるのだろうか？

振り返ると、そこには犬耳をしたおっさんがいた。

「へぇ。あっしはモンタナ商会のトットという者でさぁ」

それなりに上等な身なりをした獣人が名乗る。

おお！　犬耳かぁ。そういえば、村にあまり獣人はいなかったな……

そんなことを考えながら、俺はトットさんに問いかける。

「――そのトットさんが俺に何の用だ？」

「へい。お連れのゴーレムが背負っている反物に惹かれて声をかけたんでさぁ。見ればかなりの上物。まだ販売先が決まっていないなら、ぜひウチに売っていただきたいと思いやしてね」

俺が能力で作ったこの布か……そういえばミーシャもこの布の質を褒めていたっけ？　そんなにいい物なのか？

「む。商業ギルドに持ち込もうと思っていたのだがな……」

俺とトットさんの話を遮《さえぎ》って、ミーシャが悩む素振《そぶ》りを見せた。

「姐《ねえ》さん、そりゃねぇですって。ウチなら色をつけますんで……どうですかい？」

「コウヘイ、どうする？」

「どうするったって……買ってくれるって言うならいいんじゃないか？」

俺たちの様子を見て渋っていると思ったのか、トットさんが少し慌て気味に言う。

「あっしに売ってくれるなら、反物纏めて金貨一枚で買い取らせていただきやす。いかがですかい？」

「じゃあ、それで」

こっちの物価はまだ分かっていないが、トットさんの反応を見る限り、奮発してるっぽい。

売ってしまっても損にはならないだろう。

それに反物なんて、材料の木さえあれば能力でいくらでも作れる。

町まで運ぶのは結構大変だが、今後森に戻ってからも時々作って売りに来れば、いい小遣い稼ぎになりそうだ。

俺はアインの背中に回って、括っていた荷物から反物を取った。

トットさんに渡した反物は、全部で五本あった。

一本あたり大銀貨二枚で買ってもらった感じか？

「毎度でごぜぇやす」

俺はトットさんから金貨を受け取ってじっくりと眺めた。

金貨を手にするのは初めてだ。

「何かご入用の際は、ぜひモンタナ商会までお越しくだせぇ」

トットさんは去り際に深々とお辞儀をした。

そうこうしているうちに、受付は俺たちの番になっていた。

入り口の両脇にいる兵士らしき人に声をかけられる。

彼らが身につけている装備は立派で、なかなか強そうだ。

「身分証の提示を」

兵士に促されて、ミーシャが懐《ふところ》からさっとカードのようなものを提出した。

「……俺は身分証を持っていないのですが」

そもそも、それを作るのもこの町に来た目的の一つだ。

「そうか。それならば代わりに銀貨二枚を納めてもらう必要がある」

「ここはミーシャが払おう」

「……いいのか？」

ミーシャが俺の分を払うと、兵士が俺にスマホくらいの大きさの木札を渡してくれた。

「この木札があれば、十日間は町に滞在できる。その間に身分証を作ればその後も滞在可能だ。十日を過ぎても身分証がないと、罰せられるから気をつけるように。それからゴーレムはギルドで従魔登録が必要だから忘れるなよ」

もらった木札を懐にしまってから、俺はミーシャ、アインと門を潜った。

目の前に異世界の町並みが広がる。

おお！　……おぉ？

石畳の町並みは、元いた世界のヨーロッパの写真で見たような雰囲気だ。

そこを歩いている人たちは、トットさんのようなケモミミがついた人や耳の長いエルフ、ずんぐりとした体形でもじゃもじゃの髭《ひげ》の人など様々だ。

俺と同じような人間も、元の世界では見かけないような色とりどりの髪色をしていた。

フィクションでしか知らない異世界の町を目の当たりにして、俺は感動のあまり足を止めた。

すぐに肩をちょいちょいと叩かれる。

「コウヘイ、道の真ん中で立ち止まっていると邪魔になる」

ミーシャが苦笑しながら言った。

確かにその通りだ。お上《のぼ》りさんみたいで少し恥ずかしい。

つい見とれてしまったが、町の入り口は特に人が多く、出入りも盛んだ。

俺は顔を赤くしつつ、迷いなく先へ進むミーシャについていく。

「こっちだ、コウヘイ」

最初に向かった先は、冒険者ギルドだ。

西部劇で出てきそうな入り口を通ると、酒場のような空間が広がっていた。奥には受付カウンターが見える。

ミーシャは、そのうちの受付の一つの前まで行き、懐から紙と手紙を一枚ずつ取り出した。

「依頼完了の手続きを頼む」

あ、あれはマットさんから受け取っていた手紙かな。

伝えておく、とマットさんは言っていたけれど、どうやら依頼主がギルド宛の報告書を作成してギルドに渡すという仕組みらしい。

今回はミーシャ自身、町に用があったので、そのまま手紙を渡す役割も引き受けたらしい。

俺は受付での一連の流れを観察した。それと同時に、他の受付やギルド全体にも目を向ける。

酒場のほうは客入りはまばらで、閑散《かんさん》としていた。

「コウヘイは向こうの空いている受付で冒険者登録の手続きをするといい。素材の売却もしたいから、アインはこちらに一緒にいてくれ。従魔登録もミーシャがしておく」

ミーシャのテキパキとした指示に従って、俺は別の受付へ向かう。

「あの、登録したいんですけど？」

受付のお姉さんに声をかけると、ニコリと微笑み返された。

「はい、登録ですね。歳はいくつでしょうか？」

「――えっと、十二歳です」

こっちの世界で換算した年齢を伝えたけど大丈夫かな？

「かしこまりました。では、こちらの書類に必要事項をお書きください」

ふむふむ、名前と年齢、それから職業？　職業って何だ？　元の世界だと学生だけど……それを記入するのは変だよな。

「あの……職業って？」

「はい、そちらは冒険者として行動する時の役割ですね。たとえば前衛とか後衛、魔法師のような……」

なるほど。なんとなく分かったが……その場合、俺は後衛になるのか？　生活魔法しかまともに使えないし、魔法師じゃないもんな。でも剣なんてからっきしだから剣士も違う。

迷った末、とりあえず後衛と書いて提出した。

変なところがあったら教えてくれるだろ。

「はい、そうしましたらこちらの器具に指を押しつけてください。少しチクッとします」

指で血圧を計る器具のような形をしたそれに、俺は言われた通り指を押しつける。

そんなに痛みは感じなかった。

「名前を呼びますので、それまでこちらの小冊子を読みながらお待ちください。小冊子はあとで回収します」

ほうほう、冒険者の心得みたいな感じかな。

俺は椅子に腰かけて、小冊子をパラパラ捲《めく》る。

内容は当たり前のことばかりだ。

待ち合わせには時間の余裕を持って行動しましょう、とか依頼を途中で放棄するのはいけません、とか。

常識を持って行動すれば、この小冊子のルールを破ることもないだろう。

その後も小冊子を見ていると、受付から声がかかる。

「――お待たせしました。こちらがコウヘイさんの冒険者証になります」

手渡されたのは、免許証くらいのカードだった。

ミーシャが町の入口で兵士に見せていたのと同じ物。

名前と年齢、職業、所属、等級が記されていて、俺の等級は青銅級。

所属には、スティンガーの町と書かれていた。

今さらながら、この町がスティンガーという名前だと知った。

「もし違う町に移動される場合は、忘れずに冒険者ギルドへお越しください。移動先で十日以上の滞在をする場合は、所属変更の手続きが必要な場合がありますので。そのほかにも……」

その後もお姉さんから注意事項がいくつか続けて伝えられる。

俺はそれを聞きながら、登録証を見てニマニマする。

まだ活動していないけど、これで俺も冒険者だな！

「――終わったか？　コウヘイ」

俺が説明を聞き終えたころ、ミーシャが近づいてくる。後ろにはアインもいた。

ミーシャたちも用事を済ませたのだろう。

「おう！」

冒険者証を見せつけつつ、俺は機嫌良くミーシャに答える。

「四腕熊やらの素材はこちらで売却したが、問題無かったか？」

「俺じゃ良く分かんないし、それで大丈夫だよ」

ミーシャの質問に答えると、続いてお金の入った巾着袋が俺の前に突き出された。

「そうか。こちらがコウヘイの取り分だ」

たぶん、四腕熊だけでなく、森林鹿や一角兎なんかを狩った分も入っている。

「いいのか？」

「ああ、正当なコウヘイの報酬だ」

「んじゃ、ありがたく」

お金の入った巾着袋はズシリと重たかった。

「それで、世話になったお礼のほうだが……」

ミーシャがゴソゴソと懐をまさぐる。

「――え？　いいよ！　お金は当面の生活には困らないくらいにはあるだろうし」

「む。いや、しかしだな……」

ミーシャの耳がへにょりとなって、形のよい眉が下がった。

ゆらゆら揺れていた尻尾も力なく下を向く。

「じゃあコウヘイが一人前の冒険者になれるまで手伝う、ということでどうだろうか？」

「ああ！　それはありがたいな！　むしろこっちからお願いしたいところだった」

パアッとミーシャが顔を綻《ほころ》ばせた。

なにせ俺はこちらの世情には疎《うと》いからな。ミーシャがいてくれるなら心強い。

「それで、コウヘイはしばらく町で過ごすのか？　それともすぐに森に戻るのか？　この町はダンジョンも近くにあるが……」

おお、ダンジョンってやっぱりあるんだな。

話を聞くと、このスティンガーの町にはダンジョンがいくつか点在しているらしい。町の中には下級と中級のダンジョン、町から少し離れたところには上級ダンジョンもあるそうだ。

「そいつは気になるな！　どんな感じなんだ？」

「下級や中級はモンスターから素材を得るより、むしろ環境層と言われる層から食材や薬草を回収するのがメインだな。モンスターは野生と違って解体する必要はなくて、ドロップアイテムを落とすぞ」

ミーシャの言葉に頷きながら、俺はぼんやり考えた。

何だかゲームみたいな作りなんだな。まぁ、解体に慣れていない俺にとってはアイテムをドロップしてくれるのはありがたいな。それに、結構稼げるんじゃないか？

ミーシャの説明を聞いて、これまで家畜らしい動物を見かけなかったことにも納得した。おおかたそう言う食肉なんかは、ダンジョンで賄《まかな》っているんだろう。

「それじゃあ、さっそくダンジョンにいくか！」

俺は鼻息を荒くしながらミーシャに確認する。

「いや、まずは宿だな。ギルドの宿泊施設でも構わないんだが、やはり泊まるところはちゃんと選んだほうがよい。仕事へのやる気を左右することもあるからな」

ミーシャの言う通りだ。モチベーションの維持は大切。宿で隣の部屋からいびきが聞こえて寝つけないとかだったら、翌日の依頼を頑張れる気がしない。

「ミーシャのオススメとかあるのか？」

だが、俺は町のことはさっぱり分からない。ミーシャの選択にすべてを委ねることにした。丸投げとも言うが……

「うむ。任せてくれ！　じゃあ、宿の確保に向かうか」

第七話　ダンジョンマスター

ミーシャに案内されるまま、大通りから一本横道に入ったところまで来た。

辿り着いたのは、小綺麗な外観のこぢんまりとした宿だった。

看板には『銀月亭《ぎんげっつてい》』と書かれている。

お洒落でなかなかいいじゃないか！

カランカラン♪　と小気味よい入り口のベルの音を聞きながら入ると、受付に座る小さな女の子に声をかけられた。目がクリクリとしていて可愛らしい。

「銀月亭へようこそです。お泊りですか？」

「ああ、二人とゴーレムが一体だ。二部屋頼む」

慣れた様子でミーシャが女の子と話し始める。

「はい、かしこまりました。ミーシャさん、しばらくぶりですね。えんせーのほうはうまくいったんですか？」

「ああ、何とかな。メイも息災のようで何よりだ」

どうやら受付の子はメイちゃんと言うらしい。

それから受け答えから察するに、ミーシャはこの宿の常連のようだ。

距離感というか、ミーシャの柔らかい雰囲気を見て思っただけだが……

「何泊するですか？」

「そうだな、とりあえず三泊。構わないか、コウヘイ？」

「ああ」

俺はミーシャの後に記帳してから料金を支払って、鍵を受け取る。

「部屋は二階の奥です。案内はいりますですか？」

「いや、大丈夫だ。いつもの部屋だしな。コウヘイはミーシャの向かいの部屋だ」

ミーシャに連れられて、二階へと上がる。手すりはよく磨かれていて、ツヤツヤだった。

俺たちにあてられたのは、廊下の一番奥にある向かい合わせの二部屋。

「ひとまずは部屋が取れて良かったな。次は夕食の時に集まろうか。食事は一階の食堂だ」

「分かった。それまでゆっくり休むよ」

ミーシャと廊下で別れて、俺は鍵を開けた。

部屋の中は四畳半くらいだろうか。備え付けのベッドと小さな書き物机があった。

アインと二人だと、ちょっと手狭に感じるな。

荷物を脇に下ろして、木製の胸当てを外し、ベッドに腰かけた。

アインは体育座りで待機姿勢だ。

「ふぅ～」

そのまま俺はベッドに仰向けに倒れ込んだ。

ようやく一息つける。それにしても、ちゃんとしたベッドに寝られるって素晴らしいな。まぁ拠点の草布団のベッドもそれなりだったけど。

しばらくして、扉がノックされた。

「――ミーシャだ。夕食の時間みたいだぞ」

ミーシャの声だった。

いつの間にかベッドで軽く寝入ってしまっていた俺はガバッと身を起こす。

「おう、すぐいく！」

ゴシゴシと涎《よだれ》の跡を袖《そで》で拭ってから、伸びをする。

「……ん～～っと」

ゴーレムのアインを見ると、体育座りをしたままだった。

念のため、アインの額に手をかざして大地の力を注ぎ込む。食事じゃないけど、これがアインにとってのエネルギー補給っぽいからな。

ポワッ。

アインの全身が光る。

薄暗くなりつつあった部屋だと、その光はよく目立った。

靴を履き直して、俺は目を擦りながら部屋を出た。

ミーシャは先に下りたようだ。賑《にぎ》やかな雰囲気のする場所へ向かうと、そこが食堂だった。

「コウヘイ！　こっちだ！」

先に席に座っていたミーシャが、俺の姿に気付いて声をかけてくれた。

俺は彼女の向かいに腰を下ろす。

「夕食は何が出るんだろうな？」

俺は腹を擦りつつ、献立を想像しながらミーシャに尋ねた。

「何かは聞かされていないが、ここのご飯はハズレがないから楽しみだ」

ミーシャと二人でしばらく待っていたら、メイちゃんが食事を持ってきてくれた。

「おまたせしましたですー！　今日の夕食はー一角兎のシチューですー♪」

何とも美味しそうな匂いに、俺の腹が鳴った。

一角兎のシチューと硬めのパン、それにエールがついたセットだ。

シチューの皿を覗き込むと、これでもかというほど野菜がゴロゴロ入っており、一角兎の肉はテラテラと光っていた。

「「いただきます！」」

俺とミーシャが、ほぼ同時にシチューを匙で口に運んだ。

美味い！　噛むとジュワッと広がる一角兎の肉汁、様々な野菜から出る甘みがシチューとともにやってくる。シチューにつけて食べるパンも美味い！

それらをエールで流し込む。まさに至福。

フルーティな香りが特徴で、苦味が少なくまろやか。何より飲みやすかった。

初めてお酒なんて口にしたけど、意外といけるな！

ん？　でも俺の年齢で飲酒はヤバいんじゃ……自然に出されるもんだから飲んじゃったけど。

少し怖くなって、俺はミーシャに小声で尋ねた。

「……なぁ、ミーシャ。酒って何歳から飲んでいいんだ？」

「ムグムグ、プハァ。んむ？　何を言っているんだ？　コウヘイ。年齢制限なんてものはないぞ？」

この世界の基準だと子どもでも飲むこと自体は問題ないらしい。衝撃だ。ルールというよりは、親が飲んでいいかを判断して子どもに与えるのが通例なのだとか。

ちらりと食堂を見回すと、なかなか盛況だった。

メイちゃんはくるくると忙しなくあちこちのテーブルを回っている。

俺はすっかりこの宿を気に入った。

「ダンジョンにはいつ行くんだ？」

すっかりダンジョンの存在に惹かれてしまった俺は、半ば急かすような形でミーシャに尋ねる。

「そうだな。明日の午前中に必要な物を買い揃えて、午後から回ってみるとするか」

ミーシャがそう答えてから、ニヤリとした。

俺の気持ちを見透かされたようで、少し恥ずかしい。

「……午後からか」

俺はニヤつく自分の顔を隠すように手で擦りながら呟く。

ダンジョンなぁ……お宝とかあるんだろうか？

ボスみたいなのがいれば、報酬もあるかもしれないよな？　宝箱とか？

俺は期待に胸を膨らませつつ食事を終えたのだった。


ちゃんとしたベッドでの睡眠は、俺をすぐに夢の中へと誘っていた。気づけば朝だ。

俺はアインに声をかける。

「アイン、おはよう。今日も天気は良さそうだな」

「……」

アインが頷く。なんとなく嬉しそうなリアクションに見えた。

言葉が通じているっぽいのが不思議だよなぁ。ほかのゴーレムもこうなんだろうか？　今のところ確かめようもないけれど。

俺はベッドから出て、昨日用意してもらったたらいに向かう。

残った水に浸した手拭いを絞って顔を拭いた。

「……ふぃー」

若干おっさん臭い声を出しながら、部屋の窓を開ける。

朝日が向かいの家を照らして、外から小鳥の鳴き声も聞こえる。

俺がしばらく窓の外を眺めていると、ノックの音とともにミーシャが外から声をかけてきた。

「――コウヘイ、おはよう。朝食はどうする？」

俺は扉を開けてミーシャに尋ねる。

「おはよう、ミーシャ。どうするっていうのは？」

「この宿は、朝食と昼食は別料金なんだ。だから、ここで食べてから買い物に行くか、それとも先にここを出て、買い物ついでに外で済ませるか、コウヘイに意見を聞こうと思ってな」

俺は若干悩んでから、外で済ませることを提案した。

出かける準備をしてから、部屋を出る。アインは宿で留守番だ。

受付でメイちゃんに鍵を戻す時に、部屋にゴーレムを置いていくことを伝えておいた。

知らないまま入った時にびっくりさせちゃうからね。

大通りまで出ると、たくさんの人が出歩いていた。

一瞬通勤ラッシュを思い出して身構えたが、それほど密度は高くない。

程よく活気があっていい町だなと改めて感じた。

ミーシャに連れられて歩くことしばらく……両側に屋台がずらりと並ぶ通りまでやってきた。

ミーシャ曰く『屋台通り』というらしい。そのままのネーミングだった。

何の材料で作られたかよく分からない謎の料理から、肉の串焼きが売られている。

人混みをスイスイと歩くミーシャからはぐれないように、俺は何とかついていく。

彼女は一つの屋台の前で足を止めた。

「コウヘイ、ここにしよう」

その屋台には『スティンガー・サンド』と書かれている看板が掲げてあった。

料理を見ると、パッと見はハンバーガーのようだ。

人気のお店なのか、すでに屋台の前には列ができている。

「俺は美味けりゃなんでもいいよ」

微妙に困らせそうな発言をしたかと思ったが、ミーシャは自信ありげに頷き、俺を連れて列に並ぶ。ジュワジュワと肉を鉄板で焼く音が聞こえる中、次々と並んでいる客が捌けていった。

あっという間に俺たちの注文の順番が回ってきた。

一つ大銅貨二枚。俺はお試しということで、とりあえず一つだけ購入した。ミーシャは二つ食べるようだ。

「……っと、結構でかいなこのハンバーガーもどき」

店員からサンドを受け取りつつ横を見ると、ミーシャは両手にハンバーガーもどきを持ち、素早く食べ始めていた。

俺もかぶりつく。固めのバンズは歯応えがあり、中に入れられた野菜はシャキシャキした食感だった。何の肉か良く分からないが、とにかくジューシーで噛むと肉汁が溢れてくる。

「むぅ……やるな！　スティンガー・サンド！」

俺は興奮気味にそう言ってから、無言で食べ進めた。

手早くスティンガー・サンドを食べ終えた俺たちは、続いて雑貨屋へと向かう。

ミーシャに連れられるまま歩くと、遠目に雑貨屋らしきものが見えてきた。

ん？　モンタナ商会って書いてあるけど、ここって……

気になることはあったが、ミーシャがズンズン進むので、俺はその後ろをついていく。

ここではぐれたら、たぶん一人で宿まで戻れないし……

どうやら一階が雑貨屋で、二階は武器や防具なんかを取り扱っているらしい。

冒険者っぽい人たちがたくさん出入りしていた。

俺が店の中をキョロキョロ見回していたら、聞き覚えのある声で呼びかけられる。

「誰かと思ったら旦那じゃねぇですかい！　何かご入用で？」

以前俺から反物を買ってくれたトットさんだ。

「ああ、その節はどうも。実はダンジョンに行くんで、買い出しにきたんですよ」

「へぇ。なるほど。ダンジョンですかい。それならあっしが見繕わせてもらいますぜ？」

トットさんが店の案内役になってくれた。

俺はミーシャの助言も聞きつつ、必要な物を揃えていく。

「他にご入用の物はありやすかい？」

「――あとは靴だな。冒険者仕様の頑丈なやつを頼む」

ミーシャが横から言う。

「靴ですかい。そうしたら二階でさぁ」

トットさんに続いて、俺たちは階段を上った。

靴のコーナーを俺とミーシャで並んで見る。が、俺にはさっぱり分からない！

ミーシャに聞きながら良さげな靴を選んでから、トットさんに会計を頼む。

「全部で大銀貨五枚ってとこでさぁ」

俺はトットさんに金貨を渡して、お釣りを受け取った。

「ところで、旦那。物は相談なんですがね？　昨日の反物ってまだ用意できやすかい？」

トットさんの話では、買い取ったうちの一本を試しに染めたところ、均一に色が入って鮮やかな仕上がりになったとのこと。手触りもいいし、これは売れそうだという確信があって、追加で仕入れておきたいのだとか。

「んー、今すぐは難しいですけど……もし、森の奥まで来ていただけるのでしたら、結構な量を用意できると思います」

トットさんが森の奥に来てくれるなら、入れ替わりで家に必要そうなものをこちらが購入することも可能だろう。隊商を組んで来てくれたらありがたいが……

「――森の奥ですかい？　そりゃあちょっとこの場では決めかねますぜ」

「もしくは隣の開拓村で取引するかですね。ウチからだと二日くらいかかるんですけど……」

「――開拓村って言うと、あの森近くの村ですかい。あそこからさらに奥にある、と。ちょっと持ち帰らせて考えさせてくだせぇ」

トットさんの反応を見ると、開拓村までなら来てくれそうだ。とりあえずこの場での返事は保留ということになった。

買い物を済ませた俺たちは宿へと戻り、ダンジョンへ向かう準備を始めた。

俺は、ベッドの上に買ってきた品々を並べて整理する。

まずは靴を履き替えるところからだな。

購入した編み上げのブーツを履くと、一気に冒険者感が増した。履き心地もいいね。

それから購入した品々をリュックに詰めていく。何か楽しいな、こういうの。ちょっとした遠足気分だ。いや、行き先は危険なダンジョンだから油断できないけど……

昼食はミーシャと一緒に、宿で別料金を支払って食べた。

出てきたのはオーク肉のステーキ。食べ応えもあって、とても美味かった。

昼食をとり終えて、俺たちは荷物を取りに部屋へ戻る。

装備品を装着しながら、待機状態のアインに声をかけた。

「……アインも行くか？　ダンジョン」

アインはすくっと立ち上がって頷いた。

正直アインの出番があるかは分からないが、宿にずっと待機させておくのも可哀想だと思って、連れていくことにした。

アインには籠を持たせて、俺はリュックを背負う。

一階に降りると、すでに準備を終えたミーシャが待っていた。

「――悪い。待たせたか？」

「いや、ミーシャも今しがた来たばかりだ」

受付で鍵を渡してから出発する。

大通りに出ると、ダンジョンまでの道のりは、俺一人でも簡単に辿り着けそうなほど分かりやすかった。

ダンジョンの入り口は、神殿のような作りの建物の中にあった。

入口の両脇には、見張りが立っている。

中に入ると、すぐに受付があった。冒険者証はここで提示するようだ。俺はミーシャの後について、見様見真似で行動する。

建物の中の中央まで行くと、円柱状の大きな穴が地面に空いており、そこに向かって一本道が伸びている。これがダンジョンの入口なのだろう。

鈍く光る大きな石が、道の先にある台座に設置してあった。

石の周りにいる人々が、消えたり出現したりしていた。入り口の周りには螺旋階段《らせんかいだん》のようなものも見えた。

「……ミーシャ、あの中央の石は何だ？」

「あれは転移石《てんいせき》と言われるものだ。各階層にあって、それらを行き来できるようになっている」

へぇ、便利だな。魔法とは違うのだろうか？　転移魔法が使えれば、俺も森から町への移動が楽になるんだけど……

「……脇にある階段はどこに続いているんだ？」

「あちらはダンジョンの一階層へ降りる階段だ。初めてダンジョンに入る者は、あの階段からという感じだな。コウヘイが初めてだし、今日はあちらから降りるか」

ミーシャに連れられて、俺は壁伝いの螺旋階段を下りていく。階段の幅はそれなりにあるが、下の隙間を覗くと、暗い空間が見えるだけだ。段々と暗さが増していく。

壁が薄ぼんやりと発光しているおかげで、下はなんとなく見える。

長い階段を下りて一階層に到着した。

開けたその場所には、上でも見た転移石が設置されていた。薄暗いダンジョンの中で見ると、何だか神秘的に見える。

ミーシャが俺の方を向いた。

「コウヘイ、この転移石に触れておくのだ。そうすると次からは上の転移石から直接ここに来られるようになる。これより下の階層でも、一度触れた転移石ならどこでも上から移動できるようになる。ミーシャがいるから既にもっと下の階層に行けるのだが、本来の流れはこんな感じだな」

俺はミーシャに促されるまま手袋を脱ぎ、転移石へと手を伸ばした。

「あ……」

いつもの癖で、うっかり石に大地の力を流してしまった。その瞬間――

ポワッと転移石が光り出し、視界が真っ白な光に覆われた。

「うっ⁉」

「コウヘイ⁉」

ミーシャとアインが駆け寄ってくる音がする。

右肩にミーシャの手が、左肩にはアインが触れたが、俺はそのまま光に呑み込まれた。

視界一面の真っ白な光が収まると、俺は先ほどの一階層とは違う見慣れない場所にいた。

俺の身長以上はある大きな石が、鈍く発光しながら浮いていて、その周りを見慣れない文字のようなものがぐるぐると回っていた。

神秘的な光景をぼーっとしながら見ていたら、頭の中に声が響いた。

（……管理者権限への接触を確認……これよりマスター候補のスキャンを行います……ジジジ）

機械音声のようだ。感情がないというか、声音が平坦というか。

マスターがどうのってなんだ……それにここはいったい？

「解答……ここはダンジョン最下層にある管理者の秘匿《ひとく》ルーム、です……」

先ほど脳裏に響いた機械っぽい声と同じ形で、俺と会話を始めようとした。

ん？　今俺の思考を読んだか？

「肯定……あなたの思考を解読、精査しました。あなたが私のマスターですね……」

いやいやいや、違うよ!?　何、そのマスターって？

「解答……当ダンジョンの管理者様、それがマスターです……」

「ふぁ!?」

思わず変な声が出た。

ん？　そういえばミーシャがいないな。

俺はキョロキョロとあたりを見回す。

殺風景で、コンクリートでできたような四角い部屋。扉のようなものは無い。

なぜかアインは一緒にいるのだが、ミーシャの姿はどこにも見えなかった。何でだ？

「解答……魔力識別によって、当該魔力と違う同行者は別室に隔離しています……」

「いや、それは困るよ。こっちに呼べないか？」

声の主の存在が見えないので、とりあえず発光している大きな石に向かって言った。

「否定……マスター登録が終わるまで移動はできません……」

このままだとミーシャに心配をかけてしまうし、マスター登録ってのをさっさと済ませてここを出るか。

「それで、そのマスター登録ってのはどうすればいいんだ？」

「解答……中央のダンジョンコアに触れてください……」

このでかい石、ダンジョンコアだったのか！　転移石かと思った。

触れる前に、俺は光り輝く巨石を鑑定しておく。

名前：スティンガーの町のダンジョンコア
説明：■■■■■

これも後半文字化けしてるのかよ!?　実はあまり簡易鑑定って役に立たないよな。まぁ、ないよりはマシなんだけど、もう少し情報が欲しいところだ。

鑑定をかけ終えて、俺はダンジョンコアに手を置いた。

コアがポワッと光り出して、チチチと音を出し始める。

「報告……第五百六十二番ダンジョンコアのマスター登録が完了しました。累積《るいせき》されたダンジョンポイントで拡張しますか？」

言葉と同時に、ポンッと鑑定ウィンドウに似たウィンドウが、俺の視界に立ち上がる。

へぇ、これで色々ダンジョンをいじれるみたいだな。

モンスターを増やしたり、宝箱をセットしたりできるのか。ん？　ホムンクルスなんてものもあるな。何に使うんだ？

「――いや、とりあえずは拡張は無しで、今までどおりで頼む」

「承諾……」

「ミーシャと合流しないとな。登録も終わったし、今ならこっちに呼べるのか？」

「解答……可能ですが、このルームへの立ち入りは関係者以外は推奨できません……」

「じゃあ俺たちとミーシャを元いた一階層へ送ることはできるか？」

「肯定……可能です……」

「なら、それで頼む。ミーシャも心配しているだろうしな」

「承諾……ダンジョンコアに触れてください。エネルギー補給を要求します……」

機会音の指示に従って、コアに大地の力を流す。

ポワッ。

謎の発光現象を無言で眺めてから、こんなものかな、と俺は手を離した。

「……それでは、対象を一階層へと転送させます……」

視界を真っ白な光が埋め尽くした。

光が収まり、目を開けると一階層に戻っていた。

「無事だったか？　コウヘイ！」

ミーシャが興奮した様子で近付いてくる。

「いきなり見知らぬ場所に転移させられて焦ったぞ。コウヘイやアインもいなくなっていたし」

何はともあれ、お互い無事でよかった。

「こういうことってよくあるのか？」

ダンジョン初心者の俺が問いかけると、ミーシャが首を傾げた。

「いや、ミーシャも初めてだし、噂でも聞かないな。転移石は自分の行ったことがある階層にしか転移できないのだ」

確かに……転移石がランダムに移動するものだったら、もっと扱いが慎重になるはずだよなぁ。

俺は今しがた起こったことをミーシャに説明した。

「何と……コウヘイのほうはそんなことになっていたのだな。ダンジョンのマスターか……これは人に言わないほうがいいのかも知れん」

ミーシャが神妙そうな顔でそう言う。何だか若干引いているように見える。

ダンジョン初日にして、管理者になったなんて、誰が聞いても怪訝な顔をしたくなるよな。あまりこの権限は使わないようにしよう。

「ミーシャの方はどうだったんだ？」

たしか隔離されていたとは聞いたけれど……

「こっちは何もない部屋だったな。中央に光っていない転移石のようなものはあったが、うんともすんとも言わなかったぞ」

管理者の話はそれきりにして、俺たちは一階層の探索を始めることにした。

「……地図とか必要なかったのか？」

歩き出す前に、俺はミーシャに尋ねる。

「低階層はミーシャの頭の中に入っているから大丈夫だ。一階層の敵ならコウヘイと分断されるようなこともないからな」

転移石の淡い光に照らされながら、ミーシャが凛々《りり》しい表情で答える。頼もしいな。

転移石を中心とした広場の四方には、洞窟《どうくつ》のような道が続いている。

そのうちの一つを選んで、俺たちは先に進んだ。

一階層の敵は、ポヨンとしたフォルムの青い色をしたスライムだった。殴っても潰れるし、剣で突いてもすぐに弾けた。倒れた後には、小さな魔石が残る。たまに魔石ではなく、スライムコアなるものをドロップするらしい。

「弱いな」

あまりにあっけなく倒せることもあって、俺はついミーシャに軽口を叩いた。

「ここら辺は子供でも狩れる。冒険者はほとんど来ないな。たまに間引きするために派遣されるくらいだ」

初心者冒険者に達成できる依頼をあげるための場所のようだ。いわば救済措置とのこと。

「スライムかぁ……テイムできないのかな？」

「スライムを連れている冒険者もたまに見かけるぞ？　コウヘイも試してみるか？　ミーシャには才能が無かったみたいでテイムできなかった」

ミーシャが苦笑しながら言った。

テイマーかぁ。悪くないな。そういえば今の俺はゴーレムを連れているけど、テイマーなのか？　それともゴーレム錬成士？　区分が良く分からんな。

物は試しに、スライムを捕まえた。

ポヨポヨとしたスライムは何だか触り心地が好い。

「コウヘイ、噛まれるなよ？」

ミーシャが笑いながら言う横で、俺は大地の力をスライムに何となく流してみる。

しかし、特に何も起こらない。謎の光る現象もなかった。

なかなか諦めがつかず、俺は手当たり次第にその辺のスライムを捕まえて大地の力を流す作業を繰り返すが……ダメだった。

「……気がすんだか？　コウヘイ」

腕を組んだミーシャが話しかけてきた。

「うん。いやー、俺にもテイマーの才能はないみたいだ。残念だな……」

「テイマーというのが何かも、よく分かっていないからな。一族でテイマーの技術を秘匿しているところなんかもあると聞く」

何だと!?　けしからん話だな！　生まれつきできる人はできるということなんだろうか？

「……そうか」

テイムできるんじゃないかとちょっと期待していた俺は、軽くヘコみながら応えた。

そんなことをしているうちに、かなりの時間が経っていたようだ。引き返す時間が近付く。

「コウヘイ、今日は二階層まで行こう。そこの転移石で帰還する」

ミーシャの案内で階段を見つけて、俺たちは下に向かう。

二階層も一階層と変わらず、洞窟のような外観だった。

「ギギッ！」

二階層に着くや否《いな》や、さっそく魔物と遭遇した。ゴブリンだ。

俺は簡易鑑定しながら剣を構える。

「コウヘイ。いけるか？　人型の魔物を倒すのは、精神的なダメージを負う場合もあるからな」

確かにちょっと忌避感《きひかん》があるが……倒したらドロップアイテムに変わるからな。

こんなところで手間取っていたら、先になんて進めないし。

「やってみる！」

ミーシャにそう声をかけて、ゴブリンへ接近すると、右から袈裟《けさ》斬りで切り込んだ。

ザシュッ！

これが人を斬ったような手応えというのだろうか？　剣に返ってくる衝撃を感じながら、ゴブリンと距離を取った。やったか？

心の中で思ったそれはフラグにならず、ゴブリンは倒れて、ドロップアイテムへと変わっていった。

ドロップアイテムは魔石とゴブリンナイフだった。ミーシャに聞くと、そこそこレアらしい。

普通は、魔石以外だとゴブリンの肉を落とすみたいだ。ゴブリンの肉なんて食べられるの？　と思ったが、家畜の餌《えさ》になるらしい。

「よくやった、コウヘイ」

ミーシャが満足げに近づいてくる。

俺はふぅ～っと息を吐きながら、ショートソードを鞘《さや》に収めた。俺はひとつ冒険者の階段を上った気がした。

「何とかなるもんだな。とはいえ、地上の魔物とはまた違うんだろうけどさ」

「そうだな、そういう野生の魔物との接触を嫌って、ダンジョンを専門にする冒険者も結構いる」

ほうほう？　俺もダンジョンのほうが性《しょう》に合っているかも。

ただ、地上だと魔物を丸ごと手に入れられる分、実入りは大きいんだろう。

四腕熊なんかは素材を売ったら結構な額になったみたいだし。どっちにも利点がある。

ゴブリンを倒した後、俺たちは二階層の転移石がある広場へと向かった。

途中でフライングバットというコウモリの魔物とも遭遇したが、ミーシャがサクッと倒していた。

やはり獣人だからだろうか、身のこなしが素早い。壁を蹴って跳躍《ちょうやく》して、一瞬で切り込んでいた。

そのまま転移石の前まで着くと、ミーシャが石に触れた。

転移石の仕組みとして、一人が転移石に触れていれば、他の人はその人と接触していればいいようだ。俺とアインはミーシャの肩に手を置いた。

「――転移。地上へ」

ミーシャが行き先を言うと同時に、エレベーターが到着した時のような、くらっとするような軽い揺れを覚える。

地上階に戻った俺たちは、転移石があるエリアから離れた。

改めて見ると、この建物の中は、買取所があったり、冒険者ギルドの派出所みたいなのがあったり、意外と広かった。商業ギルドも併設されていて、そこではポーションや地図などを販売しているらしい。

俺たちは今日の戦利品を買い取ってもらうために、買取所へと足を向けた。

戦利品といっても小さい魔石ばかりだけどな。ついでに、ゴブリンナイフも買い取ってもらった。

記念に取っておくことも考えたが、これくらいのナイフなら自分でも作れる。

全部合わせて大銀貨一枚で買い取ってもらえた。

ミーシャと分けて銀貨五枚ってところか。

平均は分からないけれど、半日しか潜っていないし、たぶん少ないかな。

初めてのダンジョン探索を終えた帰り道。宿に向かう途中で、ミーシャが聞いてくる。

「コウヘイ、ダンジョンはどうだった？」

「——そうだな。正直、物足りないというか、意外と楽だったな」

「そうか。しかしギリギリを攻めるようではいかんのだ。余裕を持って行動しないとな」

俺の感想に頷きながら、ミーシャが注意する。

なんでも冒険者ほど冒険をしてはいけないらしい。

「まだいける、はもうアウトってことだな。それで明日もダンジョンに行くのか？　しばらくダンジョンに通うみたいな……？」

俺としてはもっとダンジョンの中を探索したい。

そんなことを思いながら、俺は今後の予定をミーシャに尋ねた。

「コウヘイはモンタナ商会と取引の話もしていただろう。そちら次第だな」

ミーシャに言われてハッとする。

トットさんが俺が作った布を欲しがっているんだよな。森で材料を確保する必要があるし、どこかで戻らないとな。

「じゃあ、明日モンタナ商会に行って確認してから、その後の予定を決めようか」

「うむ」

宿の自室へと戻り、俺は荷物を下ろして、装備を外していく。

「アインもお疲れ様」

待機姿勢になっているアインの額に手をかざし、大地の力を注いだ後、たらいに水を張って、さっと体を拭いた。

「風呂に浸かりたいなぁ」

この世界に来てから湖で水浴びしたり、身体を拭いたりはできているが、いまだに風呂に入れていない。どうやらここは、風呂に入る文化がないらしい。

一息ついてから、俺は食堂へと向かった。ミーシャはまだ来ていないみたいだ。

席の埋まった食堂から、食欲を誘ういい匂いが漂ってきた。

空いている席を見つけた俺は、ミーシャの場所も確保する。

「こんばんはです。夕食ですか？」

スッと現れたメイちゃんが、俺に気づいて声をかけてきた。

「ああ、ミーシャももうじき下りてくると思うから、二人分頼む」

「はいです。しょーしょーお待ちください」

メイちゃんはくるりと踵《きびす》を返して、食堂の奥へと小走りで向かっていった。

料理を待っている間に、先にミーシャが二階から下りてきた。

「ミーシャ、こっちだ」

ミーシャが席に着くと、間もなくして料理が運ばれてくる。

「お待ちどー様ですー。今日はレッドカウのシチューですー♪」

「「いただきます！」」

料理がテーブルに置かれると同時に、俺たちは勢いよく食べ始める。

ワインで煮込まれたのだろうか？　ほどよい苦味とコクのある味だった。

……美味い。その一言に尽きる。浸したパンを食べても美味い。

今日の食事も満足のいくものだった。

第八話　スライムがやってきた！

翌朝、俺たちは予定通り、モンタナ商会へ向かっていた。

朝食は屋台通りで済ませた。道中で購入したのは串焼きで、味はまぁ普通くらいだ。本当は今日もスティンガー・サンドを目当てにしていたのだが、残念ながら休みだった。

モンタナ商会に到着した俺たちは、トットさんを探そうと店内を見回す。

そこで奉公人《ほうこうにん》として働いているような子どもが目に入ったので、俺は声をかけた。

「すみません、トットさんはいらっしゃいますか？　反物の件で伺ったのですが……」

「反物ですか？　少々お待ちください」

その子どもが店の奥へと小走りで駆けていき、待つことしばし、奥からペコリとお辞儀をしながらトットさんがやってきた。

「……おや、旦那。わざわざ足を運んでいただいてありがとうございやす」

「おはようございます、トットさん。例の反物の話ですけど、どうなりましたか？」

「へい。その件ですが、開拓村までは行けるって話になってまさぁ」

そうか……さすがに森の奥は厳しいよな。それでも村で取引ができるなら、かなり大助かりだ。

これで必需品が解決しそうだ。

「そうしたら日にちを決めて、村で落ち合って取引するって流れがいいですかね？」

「そうしていただけると、こっちも助かりまさぁ。いつごろにしやすかい？」

う～ん……こっちの暦《こよみ》ってまだ良く分かんないんだよなぁ、説明が難しい。

「それならば、月初めの最初の陰の曜日に落ち合うようにすればよいのではないか？」

俺が返答に困っていると、横からミーシャが助け舟を出してくれた。

「ウチはそれで構わねぇですぜ？　旦那、どうしやす？」

「うん。じゃあそれでお願いします」

俺は、今日が暦の何日に当たるのかもよく分からないまま答えた。

モンタナ商会で用を済ませて、俺とミーシャはいったん宿に戻ることにした。

道中、ミーシャに暦のことを尋ねる。

「なぁ？　今は暦のうえではいつごろになるんだ？」

「む？　そうか、コウヘイはまだ知らなかったな。今日は四の月の半ばぐらいで、風の曜日だな。

モンタナ商会との取引の日までは、だいたい二週間くらいだ」

結構日数に余裕があるようで一安心だ。

何となく覚え始めた道順を辿って、宿の前に戻ってきた。

「ミーシャ、宿泊はどうする？　もうしばらく泊まるのか？」

「そうだな。一週間くらい見ておくか？　しばらくダンジョンに通うのもありだ。コウヘイ次第だが……」

確かにダンジョンは気になるし、冒険者の等級を上げておくのもいいかもしれない……だが、戻って反物を用意するってなると、結構ギリギリじゃないか？

俺は少し考えてから、ミーシャに答える。

「じゃあ五日にしておこうかな」

メイちゃんの受付で五日分の延泊《えんぱく》の手続きをしてから、鍵を受け取った。

この後は待ちに待った二度目のダンジョン探索だ。

俺たちは各々部屋へ戻って装備を整えてから、アインを連れてダンジョンのある建物へと向かう。

相変わらず、ここは人の出入りが多いな。

今日は中央の転移石の台座へまっすぐ向かった。

転移したのは二階層。

俺は着いてすぐに、キョロキョロと周囲を見回す。

最下層のコアがある部屋に、また急に拉致《らち》されたら困る。

転移石のある広場から伸びた道の一つを選んで、ミーシャの先導で先へ進んだ。

ザシュッ！

接敵したゴブリンをショートソードで切り裂くと、すぐにドロップアイテムに変わった。

この戦闘にもちょっと慣れてきたかも。

三階層、四階層も同じ調子でこなして下りる。

現れた魔物は、グリーンキャタピラーという大きなイモムシと、犬頭のコボルト。戦闘力はスライムやゴブリンと大差なく、一撃で倒すことができた。

ミーシャもモンスターを次々切っている。今のところアインは、ただついてきているだけだな。

そうして俺たちは五階層までやってきた。

そこは環境層と呼ばれているようで、目の前には森が広がっていた。

「――おお、すごいな。地下に森があるなんて……」

俺は目の前の光景に驚く。

ミーシャによると、環境層で薬草なんかを採取しながらモンスターを倒していくというのが、効率がいいやり方らしい。

俺もここを探索していたら、早くに鉄級か銅級まで冒険者のランクも上がるんじゃないだろうか。

一瞬だが、拠点の森まで戻らずとも、ここの木を使えば布を作れるんじゃないかと考えたが、やめておくことにした。他の冒険者も来るだろうし、悪目立ちはあまりしたくない。

ミーシャに教わりながら、俺は薬草や錬金術なんかに使うであろう素材を採取していった。そのままアインの背負籠にしまっていく。

この層に出てくるモンスターは、グリーンウルフという小型の狼だった。

連携しながらの動きに少々手こずったが、ミーシャの立ち回りのお陰で難なく倒せた。

ドロップアイテムは魔石と毛皮だ。

黙々と薬草類を採取して、たまに出てくる狼を狩っていく。

何か初心者の冒険者っぽいな。いや、その通りではあるんだけど。

俺はまったく苦にせずに、作業と化した討伐と採取を続けるのだった。


今日の稼ぎはまぁまぁだったな。

昨日くらいの成果だと、今俺たちが泊まっている宿代にも足りずに赤字だったけど、今日くらい稼げればトントンだ。

ミーシャが通っていたっていう下の階層へ行けば、もっと稼げるんだろうなぁ。俺がいなければミーシャはもっと下まで行けるだろうし、申し訳ないなぁ。

初心者の自分にミーシャを付き合わせている現状を若干心苦しく感じながら、俺は仲間たちと宿に入った。

ミーシャと別れて、部屋に入るなり荷を下ろす。それからアインのエネルギー補給。

「アインもお疲れ様な」

ポワッ。

いつも通りの光を確認して、身支度を整えてから部屋を出た。

食堂に着き、ミーシャと席で待っていると、メイちゃんが料理を運んできた。

「お待ちどー様ですー♪　今日はなんとー、ミノタウロスのステーキ、です！」

おお、ミノタウロスか。物語の最初のボスとして見たことがあるやつだ！　だが、食べられるのか？

運ばれてきた肉は、鉄の皿のうえでじゅうじゅうと音を立てていた。匂いだけでお腹が空いてくる。

さっそくナイフを手に取って、肉に刃を当てる。

肉はかなり厚いのに、スッと刃が通った。

柔らかさに目を丸くしながら口へと運ぶ。

「――ッ！」

とてつもなく美味い。それ以上の言葉は不要だ。

向かいのミーシャを見ると、黙々と肉を口に運んでいた。

俺も負けじと一心不乱にステーキを食べ進める。

ダンジョン探索中は、そんなに昼ごはんに時間をかけられず、手軽に済ませることが多いため、銀月亭でのご飯がより一層美味しく感じる。

あっという間に肉を平らげ、満足な状態で一日を終えるのだった。

「コウヘイ、もっと優しく……」

「こ、こうか？」

「あん、そうじゃない……もっとこうだ……」

「おうふ、こうだな？」

そして柔らかい丘に、俺の顔が埋まっていき――

「ブハァッ！」

突如訪れた息苦しさに顔を上げると、そこは銀月亭の俺の部屋。

ん？　今のは……夢？

でもあの苦しさは現実のものだったような……

寝ぼけた頭で整理していたら、俺の背中に衝撃が走った。

「何だ⁉」

ガバっと振り返ると、そこにいたのは何とスライム。

ポヨンポヨンと上下に跳ねている。

「もしかして……こいつが俺の顔に乗っていたのか？　いや、そんなことより何でこんなところにスライムが⁉」

俺は慌てながら、スライムに鑑定をかける。

名前：ゴールデンアーススライムの■■■
説明：杉浦耕平の従魔。

「ふぁっ？」

目の前のスライムは、薄い黄色というか……淡いが金色に近い色合いだった。

「普通のスライムは青いよな。ダンジョンで見たのも青だったし……名前にもゴールデンってあるし、レアなスライムなのか？」

俺の前でポヨンポヨンと跳ねていたスライムが、アインのほうへ転がっていった。

ジッ……とアインが見つめると、スライムは飛び上がって、アインの頭上で伸び縮みし始めた。

アインは、スライムの挙動に対して小さくうんうんと頷いている。

何なんだいったい？　そもそもいつ俺の部屋に紛れ込んだんだ？

何が起きているのか、さっぱり分からん。

何よりスライムが俺の従魔になっている!?　——ということは、俺がテイムしたのか？

記憶を辿っていたら、ダンジョン初日に手あたり次第、俺がスライムに大地の力を流したのを思い出した。

もしかしなくてもソレが原因かなぁ。でも、あの時は普通のスライムだったよな？

鑑定の内容を見ても、名前の後半は文字化けしているから分からない。

「……まぁ、いいか」

寝起きの頭で考えがよくまとまらず、俺は思案するのをやめる。

「とりあえず名前を決めてやらないとな……ゴールデンアーススライムだから……ゴデア、デン助《すけ》……」

候補を口にする俺を、スライムとアインが見つめる。

「よし！　名前はルンな！」

俺が宣言した途端、スライムがポワッと一瞬光った。名前を気に入ったのか、嬉しそうに上下に伸び縮みしている。

ルンが俺の胸に飛び込んできたので、慌てて抱きかかえる。ポヨンポヨンだ。

この触り心地は癖になるな。

俺がルンの感触を楽しんでいると、入り口の扉からノックの音が聞こえた。

「――おはよう、コウヘイ」

ミーシャが来たようだ。ルンはノックの音に驚いたのか、俺の頭の上に飛び跳ねた。

まぁ、いいか。

「おはよう、ミーシャ」

俺はドアを開けて返事をする。

「今日の朝食は銀月亭の食堂で取ろうとおも、う、の、だが……」

ミーシャの視線が喋《しゃべ》りながら俺の頭の上に移動していく。そして言葉の途中でミーシャが固まった。見ると、尻尾がブワッと膨らんでいる。警戒しているのかな？

「なっ、スライム!?　コウヘイ、大丈夫なのか？」

「ああ、朝起きたらいつの間にか部屋にいてな。どうやら懐かれてしまったらしい」

俺は苦笑しながら答える。

「もしやとは思ったが……テイムしたのか！　いつの間に!?　あぁ、何はともあれ、おめでとうだな、コウヘイ」

「おう、ありがとう。それで朝食だったか？」

「ごほんっ。ああ、そのままダンジョンに行くから宿で取ろうかと考えてな。ダンジョンにいく途中で買い食いしてもいいが……」

「今日はほかに寄るところもないし、宿で食べてから行こうか」

「そうだな。では行くか」

ミーシャと一緒に一階の食堂へいく。朝食はサンドイッチのようなものとジュースだった。朝食代を支払って、食事を自分たちの席に持っていく。

日中はメイちゃんが受付担当で、食堂にいないので、対応してくれたのはこの宿の旦那さんだった。

朝食に手をつけると、俺の頭の上に乗っていたスライムのルンがスルスルとテーブルに下りてきた。ルンが興味深そうにサンドイッチを凝視《ぎょうし》している。

そんなルンの様子を何となく眺めていたミーシャに、俺は話しかける。

「そういえばミーシャ……このスライムの名前だけど、ルンと名づけたんだ」

「ルンか。よろしくな。私はミーシャだ」

ツンツンとミーシャがルンを突いた。それに応えるように、ルンが上下にミョンミョンと伸び縮みする。これがルンなりの挨拶かな？

俺はサンドイッチを齧りながら、その様子を見ていた。

ふと、思い立ってサンドイッチを千切り、ルンの前に持っていくと、ルンはその欠片を呑み込んだ。

グワッと体の一部を広げる感じで、一瞬ビビった。

ルンの透き通った体の中で、シュワシュワと音を立てながらサンドイッチの欠片が崩れていくのが視認できる。

プルプルと震えたと思いきや、ルンが激しく上下に伸び縮みする。

どうやらお気に召したらしい。その様子を見ていたミーシャも自分のサンドイッチを千切り、ルンに与え始めた。ルンはそのたびにグワッと呑み込み、シュワシュワ溶かして、プルプル上下に伸び縮みするといった忙しい動きをする。

そんな可愛らしい様子を、ミーシャと微笑ましく見ながら、俺たちは朝食を済ませるのだった。

今日はダンジョンの五階層からスタートだ。周りには森。地中だというのに、頭上には太陽も出ていた。ダンジョンって不思議だな。

今日はルンもダンジョンに連れてきている。アインの頭の上に乗っかっていた。

ミーシャは単独行動で少し離れていた。運動不足気味なのを解消するために、グリーンウルフを狩りまくっているらしい。

俺は、黙々と薬草なんかを採取する。

探査の練習も兼ねて、魔力を薄く広げながら探索しているが、一人で索敵しながら採取というのは結構キツイ。

まぁ、いい負荷になるし、鍛錬だと思って取り組んでいる。

採取した薬草をギルドの派出所に提出すれば、評価されることもあるしな。

しばらく採取をしていると、魔力探査に反応が返ってくる。これは……ミーシャかな？　俺は近づいてくる魔力の方向を注視した。ガサリ。現れたのはやっぱりミーシャだった。

「——コウヘイ。どうだ？　調子は？」

頬を上気させたミーシャが尋ねてくる。

魔物との戦闘でだいぶ身体を動かしたようだ。

「おう、ぼちぼちだ。魔力探査もな。ミーシャのほうはどうだった？」

「うむ。手応えはあまりないが、数だけはいるからな。それなり、だ」

ほくほくとした顔でミーシャが答えた。

彼女の背のリュックはパンパンだ。魔物の素材が詰まっているのだろう。

「こっちも薬草をそれなりに採取できた。下の階層にはまだいかないのか？」

「ふむ。冒険者の等級を上げるなら五階層が効率がよいと思うんだが、下の階層にいくか？」

そうなのか？

ミーシャもちゃんと考えてくれているんだな。

彼女の言葉にほっこりしながら、俺は少し考えてから言った。

「ちょっと下の階層も見てみたいな。合わないと思ったら、また五階層に戻ってくればいいんだし」

「そうか。では案内しよう」

ミーシャに続いて森の中を歩く。

ダンジョンの中でも大地の力は有効なようで、木々が俺たちを避けてくれる。

まぁ、多くの冒険者が歩くダンジョンの中ともなれば、踏み均された道のようなものが出来上がっているので、その必要はないんだけど……

奥へと進んでいくと、ぽっかりと口を開けた洞窟があった。どうやらあの中に下へ続く階段があるらしい。中は薄暗かったが、目を凝《こ》らせば見えないほどではない。

皆で階段を下りていると、ルンがアインの頭から降り、階段を転がり落ちる遊びをしていた。まるでバネの玩具《がんぐ》のようだ。

楽しいのか？　それ。

六階層からは、また洞窟に戻っていた。淡く光る転移石が俺たちを照らす。

「ここから先は、初心者を脱した者が来る階層だな」

ミーシャがキリッとした面持ちで言った。

「へぇ。難易度が上がるのか？」

「うむ。まぁ見れば分かる」

ミーシャと、ルンを乗せたアインと一緒に洞窟内を進む。

ほどなくして魔物と出くわした。

って、何だ。ゴブリンじゃないか！

現われたのは、数匹のゴブリン。ただし、前衛は片手剣と盾を、後衛は弓矢を持っている。

なるほど、連携して戦うのか。敵としては手強《てごわ》いけれど、倒してもらえるアイテムはゴブリンの物と……

俺とミーシャが、ゴブリンの前衛とかち合った。

ゴブリンの癖になかなか盾使いが上手いじゃないか。

相手の前衛とやり合って感心していると、弓矢が飛んでくる。

「おっと！」

俺は後方へと跳躍した。

ミーシャは相対していたゴブリンを既に倒し終えていた。さすがは銀級冒険者、素早い。

「コウヘイ！　弓は私が！」

「分かった！」

敵の後衛をミーシャに任せて、俺は再びゴブリンと対峙《たいじ》する。

俺が鍔迫り合いをしている間に足元をコロコロと移動してきたルンが、ゴブリンの頭部に飛びついた！

ルンはグワッと広がって、ゴブリンの口元を覆い隠す。

焦ったゴブリンが身を引いた隙をついて、俺はゴブリンの胸元にショートソードを突き刺した。

「ゴブッ！」

倒れたゴブリンがドロップアイテムに変わる。後衛のゴブリンは、いつの間にかミーシャが倒していたようだ。

「ふうっ」

俺は軽く息を吐いて、剣を鞘に収める。

ミーシャが短剣についた血を振り払いながら口を開く。

「このように連携してくるので、ちょっと手間がかかるのだ」

なるほどなぁ。確かにしばらくこれが続くなら、五階層のほうが効率がいい……か。

俺の心を読んだように、ミーシャが続けて言った。

「五階層に戻るか？　ミーシャはどちらでもいいぞ？」

「――いや、今日はこのまま進もう」

敵が連携してくる分、こちらの連携の練習にもなる。

今もスライムのルンが手伝ってくれたし、危険はないだろう。

俺は地面を転がるルンを抱き上げ、撫でながら大地の力を流した。

キラッ。

ん？　何だか光り方がアインとは違ったように見えたが……

そんな様子をアインがじっと見つめていた。何か言いたげだ。

俺はアインに声をかける。

「アインも手伝ってくれていいんだからな？」

あの巨体の四腕熊を殴り飛ばす怪力を持っているのだ。アインが手伝ってくれるなら、心強いことこの上ない。

俺たちはドロップアイテムを回収して、再び歩き出した。

何回か遭遇したゴブリンたちは、最初に見た編制と似たようなものだった。

アインとルンが手伝ってくれたお陰でサクサク倒せるな。特にアインが強い！　盾持ちのゴブリンを一発殴ったと思ったら、そのままドロップアイテムにしちゃうくらいの力だ……

お礼代わりにアインを撫でて大地の力を注ぎ込むと、満足げに頷いていた。

最初は若干手間取ったけど、六階層も難なく通過できた。


七階層ではゴブリンではなく、コボルトが連携して襲いかかる。

違いといったら、後衛が弓じゃなくて投石器だったくらい。

六階層と同じ戦い方で、勝つのは簡単だった。

向こうの前衛にアインが拳を一度振るって倒した後、連携の取れない残りの敵を各個撃破していくだけだ。

着々と七階層を進んでいると、どこかから戦闘音が聞こえてきた。

「む」

ミーシャが形のよい耳をピクピクさせながら呟く。

俺も気になって魔力探査を広げてみるが、一方向に魔力が固まった場所があることしか分からない。

少し考えて、その場で地面に手をつき、大地の力を流した。最初のころは、こうやって食べられる物を探したっけ。

これが魔力探査の代わりになればいいんだけど……と思っていたら、状況を察することに成功した。

ん？　これ、マズくないか？

「――ミーシャ。この先に……」

「コウヘイも気付いたか？　ちょっと見にいこう」

基本、ダンジョンの中ではパーティごとに魔力探査をして、お互いが極力近づきすぎないように気をつけるのがマナーだ。

しかし、緊急事態は冒険者同士でお互いに助け合うのが暗黙のルール。

俺たちは音のするほうへ急いで向かうのだった。

第九話　三人娘

到着した場所は袋小路《ふくろこうじ》になっていた。

武器がぶつかる音が響き続け、まるで戦場のようだ。

音に引きつけられたのか、大量のコボルトが音の発生源を囲んでいた。

その中心にいたのは、三人の冒険者。しかも少女たち。

一人が倒れて、あとの二人で何とか戦況を保っているが、何かのきっかけでその均衡がいつ崩れてもおかしくない。

「大丈夫かっ⁉」

コボルトたちが群がるその場所にいち早く駆けつけたミーシャが、叫ぶように問いかける。

「た、たすけてくださぁいぃぃ！」

何とも情けない声がコボルトの群れの中から返ってきた。

俺たちはコボルトの背後をとっていたので、奇襲で次々と倒してドロップアイテムに変える。

……ほどなくして、俺たちはすべてのコボルトを片付けた。

これで危機は脱したか……と彼女たちを見ると、倒れている一人の手当をしているようだった。

三人の少女は、こっちの世界換算で十三歳の俺が見ても若く見えた。

八歳～十歳くらいか？　装備もボロボロで、擦り傷も多数負っていた。

「……手当は必要か？」

俺は剣を鞘に収めて、彼女たちに近づいた。

「はいぃ……薬草を、切らし、ちゃってぇ……はぁはぁ」

メイスを持った少女が、ションボリした様子でへたり込む。

「はぁはぁ……ポーション、か何かを、持って、いませんです？　……はぁはぁ」

片手剣と小さいバックラーを持った少女が、息を切らしながら問いかけてくる。

倒れている子は弓担当だろうか？　彼女のそばに弓が転がっていた。

俺はアインを呼び寄せると、その背負籠から薬草を取り出した。

「――ちょっと診《み》させてもらうよ？」

俺は倒れている少女の近くに寄り、しゃがみ込んで手当をした。

その間ミーシャには、周辺の警戒をお願いしている。

倒れている子は頭に怪我をしているようで、気を失っていた。

俺は患部を水球で出した水と清潔な布で洗い、薬草を揉んでから擦り込んだ。

包帯をリュックから取り出して、彼女の頭に巻いていく。

ついでに大地の力を患部に流すと、ポワッと謎の発光現象が起きた。

効果があるかは分からないが、おまじない的なものだ。

「君たちも診ておこうか」

へたり込んでいる二人の子の患部を洗って、倒れている子と同じように治療を施していく。

「はぁはぁ……あ、ありが、とう、ございみゃすです……はぁはぁ」

盾持ちの子が、軽く噛んで少し顔を赤くした。

「君たちは何級なんだ？」

こちらの様子を見ていたミーシャが問いかける。

「はいぃ。はぁはぁ……青銅級、ですぅ……はぁはぁ」

メイス持ちの子が答える。

息が整ってきたのを見て、俺は水球を出した。

「ひとまずはこれで水分補給するといい」

ひとつの水球に群がるように二人の少女は口をつけた。

「ムグムグ……プハァ……ありがとうございますぅ。たすかりましたぁ。このお礼はかならずぅ」

メイス持ちの子が間延びした声で言った。

「……しかし、あんなにコボルトに囲まれるなんて、いったいどうしたんだ？」

疑問に思って俺が尋ねると、片手剣を持った子が説明を始めた。

聞けば彼女たちは、まだ冒険者になったばかりだそうだ。運よく六階層までは進むことができたが、七階層まで降りてきた時に、モンスターの連携の餌食になってしまったとのこと。逃げようとしていたら、袋小路に追い詰められたようで、弓持ちの子がコボルトの投石に当たって気を失ったこともあり、身動きが取れなかったのだとか。

そこまで聞いていたミーシャが、周囲を警戒しながら指摘する。

「君たちにはまだ六階層から下は早いのではないか？」

「はい……すいませんです……六階層まですんなり通れてしまったので、この先も行けるんじゃないかと思ったです……」

片手剣の子がペコリと頭を下げる。

それから自分と仲間たちの紹介を始めた。

「……あっ、あたしはリィナと言います。です！　こっちのメイスを持ったのがマロンで、向こうで横になっているのがエミリーです！」

「俺は耕平。あっちで警戒しているのがミーシャ。このゴーレムがアインで、頭に乗っているスライムがルンだ」

俺も軽く紹介を済ませる。

サッとあたりを見回しながら、これからの動きを考えた。

さて、ここからどうするかな？　意識がない子がいるし、これ以上進むのは危険か……

「今日はもう探索のほうはいいだろう。皆で戻るか」

一段落した俺たちを見て、ミーシャが言う。

確かに、こんな子どもを放っておいたまま探索を続ける気はない。

「……そうだな。意識のないエミリー……で合ってるかな？　その子はアインに背負ってもらうか」

「はいぃ。もうしわけないですぅ」

マロンが頭を下げると、アインは背負籠をおなか側に持ち直し、意識のないエミリーを背負った。

あまりうかうかしていると、また他の魔物に見つかっちゃうからな。

俺たちはさっさとダンジョンから脱出するべく、行動を開始した。

移動を続ける中、マロンが間延びした声で話しかけてくる。

「みなさんすごいですぅ。あっという間にコボルトをたおしたしぃ、その後の対応もすばやかったですぅ」

「ミーシャが銀級なんだ」

後方を警戒しながら、俺はそう答える。

「銀級ですかぁ、すごいですぅ」

マロンのトーンだと、あまり凄いと思っているように聞こえないが、いちおう褒めてくれているらしい。

ミーシャの案内で、俺たちはあっという間に転移石のもとまでやってきた。

無事に地上に帰還すると、俺たちは三人の少女をギルドの派出所まで届けることにした。

ここに救護所も設置されているらしい。

「ここまでありがとうございましたぁ」

「ありがとうございますです！」

意識のないエミリーを簡素なベッドに寝かせたところで、マロンとリィナがお礼を言った。

「それでぇ、お礼のほうなんですがぁ……」

俺はチラリと彼女たちを見たが、装備はボロボロ。

ここから買い直したり、修繕《しゅうぜん》したりすることを考えると、費用がかかるだろう。

それに、まだ幼い彼女たちから現金を取る気にはなれない。

ここは……そうだな。

「うーん……今度、俺たちの薬草採取に付き合ってもらうってのはどうだ？」

俺はミーシャに小声で提案する。

「うむ。まぁそんなところでよいのではないか？　互いの都合のいい朝方に、ここの派出所の前で落ち合えばいい」

「じゃあ、それでいこう。なぁ君たち、お礼の件だけど、今度俺たちの採取の手伝いをしてくれないか？」

ミーシャとの話を終えて、俺はマロンとリィナに聞いてみる。

「わかりぃましたぁ」

「今日はお世話になりました！　です！」

リィナたちと約束を交わしてから、俺たちは採取した薬草類をギルドの派出所に提出した。

ついでに、スライムのルンの従魔登録も忘れずにしておいた。

三人娘とはここでお別れだ。

何となくいいことをした気になった俺とミーシャは、機嫌良く宿へと帰るのであった。

翌日は七階層の続きからスタートした。

朝、ギルドの派出所を覗いたが、三人娘の姿はなかったので、俺たちはそのまま探索を継続することにしたのだった。

まぁ、昨日の今日だし、彼女たちも休養したり、装備を揃えたりしているのだろう。

七階層のコボルトたちを倒しつつ——というかほとんどアインが殴り飛ばしていた気もしたが、八階層までやってきた。

八階層では、グレイウルフに乗ったゴブリンライダーが、連携して攻めてきた。アインを前面に出して、ガンガンと殴り飛ばしてもらう。そしてグレイウルフから振り落とされた奴を、俺とミーシャが切り倒すという流れで戦った。

ルンは俺の肩や頭のうえでミョンミョンと伸び縮みしている。

暇そうだな、おい。

時々ルンが、アインの背負籠の中に入って何かガサゴソとし出す。何をやっているかは不明だ。

「ふぅ。アインがいると楽だな、コレは」

ミーシャが水球を出して、一息ついている。

俺もお昼ご飯代わりに買っていたシリアルバーもどきを頬張った。

「確かに楽だけど、あんまり俺たちの連携の練習にはならんな。モグモグ……」

「たぶんレベル帯が合っていないのだろう……もう少し下の階層でも余裕そうだな。中級のダンジョンを探索しても問題ないかもしれん」

中級かぁ。やっぱり初級のここの難度とは違うんだろうな。

九階層に着くと、大ムカデに乗ったコボルトが立ちはだかった。

ムカデの大量の足がワキワキと動いている。

うへぇ、でかい虫は気持ち悪いな。三階層の大きいイモムシも正直近寄りたくなかったし。

俺が嫌悪感を示していたら、アインが大ムカデを殴り飛ばしてくれた。

ここでも、俺たちがやるのは振り落とされたコボルトを切っていくだけ。簡単な仕事だ。

……あまり手応えを感じないまま、俺たちは十階層へと辿り着く。

十階層は五階層と同じく、環境層で、こちらは見渡す限りの平原だった。

遠目にチラホラと牛のようなモンスターとでっかいニワトリみたいな生き物が見える。

ちょっとした牧場みたいだな。

今まであまり見かけなかった他パーティの冒険者も、この階層に結構いた。もしかして稼ぎやすいエリアなのだろうか？

鑑定の通る距離まで近づいてから、牛っぽいモンスターを見る。

名前：レッドカウ
説明：食用可能な肉をドロップする。たまに角を落とす。

こいつが、レッドカウか。名前の通り赤いな。銀月亭の夕食でも出てきていたし、味は保証つきだ。

よし！　狩るか！

人のあまりいない位置へ移動して、他の冒険者たちと標的が被らないように気をつける。

ついでにでっかいニワトリっぽい鳥にも鑑定をかけた。

名前：トール・コッコ
説明：食用可能な肉をドロップする。たまに爪を落とす。

ほうほう。美味いのかは分からんけど、コッコも食用なのか。

……ガシッ！　アインが正面からレッドカウの角を掴んで突進を止めた。

動きが止まったら、両脇から俺とミーシャでレッドカウの首筋を狙って斬りつける。

俺とミーシャの二撃でレッドカウは沈み、肉をドロップする。

おほぅ！　これは美味そうな肉だ。

ミーシャは肉を目の前にして涎《よだれ》を垂らしていた。もちろん俺もだが……

タンク役になったアインの協力で、次々とレッドカウとトール・コッコを回収していく。

もはや戦闘というより作業だ。たまに落とす角や爪なんかは、肉を欲する俺からしたらハズレ扱いだ。錬金術用でそれなりに売れるらしいので回収はしたが。

アインの背負籠がいっぱいになったところで、俺たちは作業を終えた。

転移石で地上へと帰還して、ギルドの派出所にドロップアイテムを提出する。

そこで、対応していた人が俺を呼んだ。

「コウヘイさんですね？　ギルドカードを提出してください」

何だ？　何かやらかしたのだろうか、俺。

だが、その予想はいい意味で裏切られた。

「コウヘイさんは鉄級へと昇級することになりました。おめでとうございます！」

何だ、昇級かぁ……え？　もう昇級なの!?

ホッとしたのも束《つか》の間《ま》、入れ替わるように喜びの感情がやってきた。

ドギマギしながらギルドカードを提出する。

「そろそろかと思っていたが、今日だったか。おめでとう、コウヘイ！」

どうやら大量の薬草や素材の納入で、一気に昇級までの功績を達成していたらしい。普通はもう少しかかるみたいだが、大量に納入したことで多数の依頼を完了したと見なされたみたいだ。

これで俺も鉄級冒険者だ！

「へへへ……」

俺はニマニマと返ってきた冒険者証を見つめた。

ミーシャも、俺の様子を見て微笑ましそうにしている。

・

俺の頭の上ではルンが上下に揺れ、アインも心なしか嬉しそうに頷いた。

「ちょうどいい。明日は休みにして、今夜は宴会だな！」

ミーシャがそんなことを言い出した。

なんでも銀月亭では、別料金を払って宴会セットなるサービスを頼めるらしい。

「そりゃいいな！　早く宿に戻ろう。楽しみだ」

銀月亭なら味も保証つきだ。俺はまだ見ぬ料理に思いを馳せながら、逸る気持ちを抑えて歩く。

「こういうのは冒険者の伝統でな。ミーシャもやってもらった」

「いい伝統だな。ありがとう、ミーシャ」

宿に着き、受付でメイちゃんから鍵を受け取った。

「――コウヘイは先に戻っていていいぞ。あとはミーシャが話を進めておく」

ミーシャはこの後の宴会の話をメイちゃんと進めるということで、そのまま一階に残っている。

「そうか。悪いな」

俺はアインと二階へ上がり、自分の部屋の鍵を開ける。

「ふぃ～」

おっさん臭い息を吐きながら荷物を下ろして、ベッドに腰かける。

「アインもルンもお疲れ様」

いつものように大地の力を流すと、それぞれ一瞬輝き、アインはウンウンと頷いて隅のほうで体育座りになった。ルンは上下に伸び縮みした後、俺の頭の上に乗っかる。

すっかり定位置だな。

フッと笑ってから、俺は頭の上のルンをモミモミした。

宴会セットってどんな感じなんだろう。

俺はベッドに軽く横になった。両腕を頭の後ろで組み、天井を眺める。

寝ちゃわないように気をつけなきゃな……

ベッドでゴロゴロしながら時間を潰していると、ノックの音が聞こえてきた。

「コウヘイ、いるか？」

ミーシャだ。待ちかねていた俺は、起き上がり扉を開ける。

「ミーシャ、お疲れ様。食事の時間か？」

「うむ。万事滞《とどこお》りなく準備できた！　宴会だな」

「そうか。んじゃいくか」

ニヤリと笑ってルンを頭に乗せたまま部屋を出る。

俺の前で階段を降りるミーシャの尻尾がゆらゆらと左右に揺れていた。機嫌が良さそうだ。

食堂にいき、ミーシャと二人席に着く。今日も混んでいるな。

「宴会セットのーお客様ー。おまちどーさまですー♪」

メイちゃんが料理を持ってやってきた。

運ばれてきたのはサラダとエール、パンに一角兎のソテー……いつもの夕食より少なめだ。

「この後もジャンジャン持ってきますですー。しょーしょーお待ちをー」

ほんの一瞬心配したが、これが最初の数品ということらしい。

さっそく出された料理に手をつける。

一角兎のソテーは、淡白なのにコクがあり、程よく塩胡椒が効いていて非常に美味しい。

他の料理を食べている間に、メイちゃんが次々と料理をテーブルに並べる。

「お待ちどー様ですー」

段々目の前が豪華になっていった。

目の前にはたくさんの揚げ物。肉や魚をフライにしたものから、食べやすいフライドポテトもあった。俺はそれらを頬張っていく。ミーシャも言葉を発せず黙々と食べていた。

おっと、ルンのことを忘れていた。

思い出したように、目の前のフライを小分けにしてルンにも分け与える。

ルンはグワッと捕食するように体の一部を広げてフライを呑み込むと、シュワシュワと溶かす。

その後も俺たちは運ばれてくる料理を黙々と平らげていたのだが……

和気藹々《わきあいあい》とした食堂に怒号が響き渡った。

「うるっっっせぇぇぇぇっっつってんっだろぉぉがぁぁ!!」

ズガァァンッ！

そして俺たちの料理の上に人が吹っ飛んでくる。

一気にシン……と静まり返る食堂。

殴られて吹っ飛ばされてきた男が、俺たちの料理の上で頭を振りながら起き上がる。

「――っに！　しやがるぁぁぁ！」

顔を真っ赤にしながら、飛ばされてきた方向へ千鳥足で向かっていった。

「「喧嘩《けんか》だ！　ヤレヤレー！　やっちまえ！」」

食堂にいた外野が男たちを煽《あお》る。

俺は頭が真っ白になってしまった。

え？　何で？　さっきまで楽しく食事していたのに……あれ？　料理は？

メチャメチャになったテーブルを呆然《ぼうぜん》と見つめる。向かいでもミーシャが、同じようにテーブルの上の虚空《こくう》を見つめている。

野次馬が騒いでいる声も、メイちゃんが止めようとしている声も、どこか遠くに聞こえる。

俺とミーシャはふらりと幽鬼《ゆうき》のように立ち上がり、騒ぎの中心へ向かっていった。

ミーシャはナイフとフォークを持ったままだ。

人だかりの中にある、ぽっかりと空いた空間で男たちは殴り合っていた。

俺はそばにあった椅子を手に取って大地の力を流す。

「つるあぁぁ！」

「だっらぁぁぁ！」

騒ぐ男たちのもとに、ルンが天井から落ちてきた。

「オゴッ！」

「ガボァ！」

男たちが顔に貼り付いたスライムに驚いている隙に、俺は椅子をロープに変形させて、二人を縛っていく。ミイラのように首元から足首までグルグル巻きにした。

バランスを保てずにビタァアン！　と倒れた二人を、ミーシャがズガッと蹴り飛ばして、食堂の端に除ける。そして彼女が二人の首筋にナイフとフォークをそれぞれ当てた。

声を微妙に震わせながら彼女が訴える。

「……この落とし前、どうしてくれる⁉」

そう俺たちが求めるのは、落とし前だ。こちとら静かに食事をしていただけなのに、いきなり騒ぎに巻き込まれた。テーブルの上の料理は見る影もない。

俺はその残骸を見てちょっと悲しくなってしまった。

ミーシャはいまだ二人にナイフとフォークを当てながら小刻みに震えている。

「お。おう……」

「落ち着け、な？」

二人の男、もといおっさんたちが顔を青くしながらミーシャを宥《なだ》める。

二人のおっさんの頭の上では、ルンが飛び跳ねていた。どうやらルンも怒っているみたいだ。

いや……ちょっと待て⁉　ルンが二匹いないか？

俺は酒で酔ったからかと思って、目をゴシゴシ擦る。

だが、光景は変わらない……とりあえずルンのことも不思議だが、今はこの状況をどうにかするのが先決か。

そう思っていると、メイちゃんが半泣きでこちらにやってきた。

「取り押さえてくれてありがとうございますー」

そのそばでは、宿の旦那さんが腕を組んで男たちを睨んでいる。

「べ、弁償《べんしょう》するっ」

「すまなかったっ。このとおりだ」

このとおりだと言っても首をヘコヘコ動かしているだけだけども。

周りをチラリと見ると、目を逸らす人が何人かいた。きっと男たちを煽《あお》っていた野次馬だろう。

……はぁ～～っ。

俺は大きなため息をついた。


「「すみませんでしたっ！」」

おっさんの二人組が宿の旦那さんに謝る声が宿に響く。

俺たちには宴会セットを弁償、宿には迷惑料としていくらか包んで渡したらしい。

「ふぅ……散々な目に遭ったな、コウヘイ」

「……ああ。まったくだ！」

おっさんたちの騒動が落ち着き、俺たちは食事を再開していた。

いつの間にか俺の頭の上に戻ってきたルンは一匹に戻っている。

俺は頭の上のルンをナデナデしながらミーシャに聞いた。

「――なぁミーシャ。途中でルンが二つに分裂していたようなんだが……」

「モグモグ、ふむ。確かに分裂していたな」

「こういうのは普通なのか？」

「いや、普通のスライムは分裂しないいな。大きいスライムなんかが分裂したりするが、この大きさではあまり聞かないいな」

モグモグ……そうなのか？

やっぱりちょっと特殊なのかもな、ウチの子。

お。この唐揚げ美味いな。ルンにもあげよう。

「お前ら冒険者昇級の宴会だったんだってな？　災難だったなぁ……とりあえずお疲れ様！」

隣の席の冒険者っぽい人に声をかけられる。

「はぁ、まぁまだ鉄級ですけど……」

俺は曖昧な表情をして答えた。

「まぁ今が一番楽しい時期じゃねえか？　あんなことがあった後だけど、おめでとさん！」

「はい、ありがとうございます」

「ナッシュとガイアもなぁ……ふだんは気のいい奴らなんだが」

喧嘩をしていたおっさん二人は、ナッシュとガイアというらしい。

「まぁ、こんな時はパーッと飲んで寝ちまえば、すぐ忘れるさ。そんじゃ、ごゆっくり！」

俺はペコリとお辞儀をして食事に戻る。

「——明日は休みかぁ。いざ休みとなると、することがないな……」

料理を摘まみながら、ぼんやりとそう言った。

「それなら市にでも行ってみるか？　朝の部と昼の部でまるっきり違って楽しいぞ！」

「ミーシャもついてきてくれるのか？」

ミーシャの案内があるなら行こうかな？

「朝は一緒に回れると思うぞ？　昼からはミーシャは用事があって離脱するが」

そうか……

「じゃあ、朝の案内は頼んだ」

「うむ」

明日の予定を話し終わった俺たちは、おのおの部屋へと戻り、夜を迎えるのだった。

翌朝、ミーシャの案内で俺たちは朝市へと赴《おもむ》く。

こっちのエリアは来たことなかったな。少しずつ見慣れてきた町並みを見ながら、そう思う。

ルンは俺の頭の上に乗っていて、アインは宿で留守番だ。

通りは、両脇にズラッと店が軒《のき》を連ねており、人通りも多かった。

「これは……はぐれそうだな」

俺は何となく不安になった。宿からの道順は覚えているから、一人でも帰れるけど……

ミーシャに説明してもらいながら市を見て回る。

朝は食料品が多いみたいだ。

その後も歩いていると、気になるものを見つけた。

「ミーシャ！　米だ！　米があるぞ！」

俺が感動して言う。

「む？　ああ……それか。泥麦《どろむぎ》と呼ばれている家畜の餌だが……」

何だって！　もったいない。ひょっとして炊き方を知らないのかもな。煮るとグズグズになっちゃうし。

俺は店主に声をかけた。

「おっちゃん、おっちゃん。これ一袋いくらなんだ？」

「お？　坊主《ぼうず》、泥麦を買うのかい。家畜は何を飼っているんだ？」

「いやいや、自分で食うんですよ。やだなぁもぅ」

「こいつをかい!?　食えたもんじゃねえと思うが……一袋大銅貨五枚だ」

安い！　まだこちらの価値基準がよく分からないけれど……今まで買ったものの中でもかなり安い方だ！

「買ったっ！　二袋くれ！」

俺は巾着袋から銀貨を一枚取り出して手渡した。

ふへへ。お米ゲットだぜ。

ミーシャとおっちゃんに何だか白い目で見られながら、俺はホクホク顔になったまま尋ねる。

「おっちゃんは、どこかの村から来ているのか？」

「あ、ああ、スティンガーの町から南に行ったところだ」

おっちゃんはタジタジになりながら答える。その表情はちょっと引き気味だ。

「村まで行けば苗か種籾《たねもみ》を分けてもらうことってできるかな？」

「こんなもので良ければ、いくらでも分けてやれるよ！」

ほうほう。それじゃあ、そのうち行きましょうかねぇ、その村に！

二袋の米は重く、ミーシャとえっちらおっちら担いで、いったん宿へ戻る。

道中、彼女は何か言いたそうだったが……

これは安定した米ライフ目指して、米のよさを布教せねば！

俺は納得のいっていないミーシャのために米を炊くことに決めた。


受付にいたメイちゃんに、台所を借りられないか相談する。

「台所ですかー？　ちょっと聞いてみないと……たぶん大丈夫ですけど……」

メイちゃんが裏に聞きに行っている間に、俺たちは自室に米を運び込んだ。

「ふぅ。ここでいいか？　コウヘイ」

「ああ、ありがとうな。一度食べてもらえば、分かってもらえると思うんだ」

俺は持ってきていた土鍋を取り出して、米を五合ほどあけて軽く洗った。

研《と》ぎ汁《じる》はたらいに移す。

しばらく待っていると部屋の扉がノックされて、メイちゃんがやってきた。

「お客さんー。大丈夫みたいですー」

「おしっ、このままいっちょ炊きますか！」

メイちゃんに案内してもらい、宿の厨房《ちゅうぼう》に入る。

俺の頭のうえでルンがミョンミョンしていた。こいつも楽しみなのかな？

「おう、メイから話は聞いたぜ。なんでも泥麦を美味くする方法があるらしいじゃねぇか。俺たちも味見していいか？」

宿の旦那さんが、ニヤリと口の端を上げながら言う。

「はい。お口に合うか分かりませんけど、自信はあります！」

俺はそう言って竈に鍋をかけると、火種で火を点けて、火加減を見ながら米を炊き始める。

土鍋を持ってきていて正解だったな。過去の俺、グッジョブ！

ほどなくして米が炊き上がったので、軽く蒸らす。

「……できました！」

鍋の蓋を取ると、湯気とともに芳しい匂いが立ち籠める。

う〜ん、この香り、久しぶりだー!!

俺は小皿に味見用に取り分けて、皆に配った。

「ふむ、これは……ムグムグ」

試食した皆はまぁ、悪くはないんじゃないの？　みたいな反応だ。

むぐぐ……米だけではこれが限界か。

「旦那さん、今日の宿で出している昼食って何ですか？」

「お？　今日はトール・コッコのサンドイッチだぞ」

なるほど……それなら、あれが作れそうだ！

「できれば具材を少し分けてもらえませんか？　あと卵もあれば使わせてください！」

旦那さんがテキパキと運んできた具材を受け取って、俺はフライパンで調理していった。

これを……卵でとじて、と。深めの皿にご飯をよそい、卵でとじたトール・コッコの肉を上からかけていく。異世界版親子丼だ。

「どうぞ、お上がりください」

今度は……どうだ!?

皆がまずは一口、と匙を口に運ぶ。

「「「ん!?」」」

そこからは早かった。カチャカチャと匙を動かす音だけが響くと……

ダンッ！　テーブルに皿を置く音が、ほぼ同時に鳴り響いた。

『おかわり!!』

満足してもらえたようだ。俺はニンマリする。

あと、一人一杯ずつならご飯もあるか……俺もまだちゃんと食っていないしね。

追加でトール・コッコを調理してご飯の上にかけて、皆の分を作ってから、俺もいただくことにする。ルンにも同じものを取り分けた。

美味い！　プリッとした鶏肉とフワフワの卵が、熱々のご飯によく合う！

ハフハフ！　ムグムグ……ゴクン！　誰だ!?　こんないいものを家畜の餌にしやがったやつは？　もったいねぇだろ！

その後も親子丼をかき込む。食べ終わり人心地つくと、皆もちょうど匙を置いていた。

「コウヘイ、これは……これは何という料理なのだ？」

満足げにお腹を擦りながら、ミーシャが聞いてきた。

「これか？　これは元いた世界で親子丼と呼ばれるものだ」

「「親子丼！」」

旦那さんとメイちゃんが顔を見合わせて復唱した。

ミーシャは、どこか遠くを見るような目をしている。

「ほら、鳥と卵は親子だろ？　だからその丼もので親子丼ってわけさ」

「「なるほど……」」

ルンを見ると、グタッと溶けるように潰れている。大丈夫だろうか？

「あっ、旦那さん！　使った具材の料金を払います。いくらですか？」

「お？　いやぁ、いい物を見させてもらったし、泥麦も美味かったし、料金はいらんぞ」

「ありがとうございます」

そういうことなら、お言葉に甘えよう。

「パパ、これ宿の料理で出したら流行《はや》るかも……」

メイちゃんが旦那さんに提案する。

「そうだな！　ちょっと考えてみるか！　しかし泥麦は結構腹に溜まるな」

「腹持ちいいですよね？」

俺はさり気なく米の良さを布教しておいた。

食後のお茶で一服した後、メイちゃんと旦那さんは持ち場へと帰る。

俺たちは台所の後片付けをしてから、部屋に戻る。

旦那さんは片付けはいいと言ってくれたが、昼飯代が浮いた分、せめてこれだけでもさせてもらった。

「コウヘイ、泥麦も案外いい物だったな。これは知らないと人生の損失だ」

部屋に戻る途中で、ミーシャが感慨深げに言う。

「そんなにか!?」

俺は苦笑しながら答えた。

「うむ。それで話は変わるが……午後からは一人でも大丈夫か？」

「ああ、平気だぞ。道も大まかには覚えたしな」

「そうか、ではミーシャはちょっと出かけてくる。少し遅くなるかもしれないが、その場合は先に夕食を取っていてくれ」

「おう、それじゃな」

部屋へと戻り一息ついてから、俺は午後の市に出かけるべく準備を始めた。

昼を過ぎたところで、頭の上にルンを乗せながら市へと向かう。

市の通りは午前ほど混んではいなかったが、それでも人通りは多い。

スリなんかにも気をつけないとな。

朝とは違って、昼の部は雑貨なんかがメインのようだ。

何か掘り出し物はないかな～？

ブラブラと歩いていると、用途が分からないカッコイイ見た目の品や、銀細工が目に留まった。

そういえば、ミーシャは装飾品の類を身に着けていなかったな。

いつものお礼に何か買っていくか？

いや、しかし冒険者的なポリシーで装飾品を持っていないだけかもしれん……

冷やかしながら道を進むと、本が売られている場所に通りかかった。そこは主に雑貨を売っているようで、端にいくつか本が積まれている。

チラリと見ると、表題に『魔術基礎《まじゅつきそ》・実践《じっせん》』と書かれた書物があった。

おおう⁉ もしかして魔法書ってやつか？

頭の上に乗っかるルンを撫でながら、店の主《あるじ》に声をかける。

「大将！ ここに積まれている本はいくらするんだ？」

「はいはい、と、そこの本は古代文字で書かれていて誰も読めねぇんで、一律銀貨一枚ですよぉ」

ん？ 誰も読めない？ 俺は読めるんだけどなぁ。

パラパラと本を捲って、中身を確認する。

魔術のことや、錬金術のことが書かれているし、これは買いだな。

「誰も読めない書物なのに、誰が買っていくんだ？」

「見栄《みえ》ですよぉ、旦那。難しい本を並べて、教養があるように見せる人もいますから」

話を聞きながら、俺は使えそうな本を何冊か見繕う。

多分『異言語理解』のおかげで、俺は普通に読めるからね。誰にも言わないけど。

「まいど～。またのお越しをぉ～」

銀貨を支払って本を受け取り、俺はホクホクした顔で店を後にした。

だいたい市も散策したし、宿に帰って本でも読むかな？

宿の受付に到着した俺は、メイちゃんから鍵を受け取った。

「おかえりなさいー。何かいい物はあったですかー？」

「ああ、本をちょっとな」

部屋の書き物机の椅子に座ると、購入した本を広げた。

まずは『魔術基礎・実践』という本……結構分厚い。

……ふむふむ何？　この世界に存在する物には魔素と呼ばれるものが含まれている、と……

読み進めながら、俺は頷く。

たしかに、魔力を目に集めると、俺も魔素を視認できるようになった。最初見た時は、その多さに驚いたんだっけ。

その後もだいたいミーシャに教えてもらったことが書かれている。人の体には魔力を集める器官があって、魔力を体のあちこちに通すことによって身体強化ができる、とか。魔力を体の外に集中させる方法だとか。新しい知識は特に得られなかった。

肩透かしな気持ちになりながら、俺は基礎編をひと通り読み終えた。続いて、実践編を手に取る。

これで俺も魔法をもっと使えるようになるかも、とワクワクした気持ちでページを捲る。

実践編に書かれていたのは、イメージ構築と魔力の動かし方が肝、という内容だった。

アレ？　ミーシャから聞いた話と違うような気がする。

魔法には詠唱が必要で、その詠唱を覚えるのが大変だって、彼女は言っていた。

生活魔法でもいちおう、『種火』や『水球』と声に出して言うことが詠唱になっているらしい。

疑問に思いながら、今読んでいる本の表題を確かめると、魔術基礎・実践という文字。

今さらだけど……魔術ってことは、魔法と違うのか⁉

なんでも魔術というのは、魔力を変化させる変化魔術と、その逆で魔力をそのまま使う無変化魔術の二つがあるらしい。

「魔法にあった属性の話は書かれていないのか？」

その後も読んでいくうちに、魔術と魔法が似て非なるものだということは分かった。

……人によって変化させやすい性質の魔術が違い、攻撃魔術と一口に言っても、アロー系・ボール系・ジャベリン系など様々。それらは主に使用者の魔力量で決まるらしい。

そこにもイメージが重要と書かれていたが、属性については何もなかった。

興味深いが、どうなんだろうな？　部屋の中だと危険だし、今度ダンジョンで試してみるか。

……ふぅ～。一気に読んでしまったな。半分くらいはミーシャから教わったことの復習だけど。

魔術と魔法の違いについて考える。

詠唱を覚えないといけない分、魔法のほうが習得が大変そうだが、そちらの方が一般的で、魔術が廃《すた》れてしまったとなると……そこに何か理由があるのかもしれない。

『魔術基礎・実践』の本を脇にやり、錬金術の本を広げた。

こちらは基礎と応用の二冊。先ほどの本よりは薄めだ。挿絵も入っていて、説明も分かりやすい。

まずは、基礎編からだ。錬金術で使う器具の名称や素材の説明、初級ポーションの作り方が載っていた。

俺にも作れそうだが……器具を揃えないとダメか？

続けて応用編。こちらは主に魔法陣のことが書かれ、魔法陣の絵と説明書きがいくつもあった。

最初はとっつきにくい内容に見えたが、何個も見ていると法則のようなものがあるのに気づいた。

これは意外と簡単にできるんじゃ……？

魔法陣は、砕いた魔石と、特殊な溶液を混ぜて書き込むらしい。ふむふむ、と見様見真似で中空をなぞっていたら、窓の外が暗いことに気づいた。

本を閉じて、ルンと一緒に俺は食堂へと向かうことにした。

ミーシャはまだ戻ってきていないらしい。いちおうミーシャの部屋をノックしたが、返事が無かったし、鍵もかかったままだった。

いつものように混んでいる食堂で、俺は空いている席を見つけて座る。

そばに寄ってきたメイちゃんから声をかけられた。

「こんばんはー。今日はー、いつものパンかご飯かを選べますー」

さっそく献立に米を取り入れたのか！　と嬉しく思いながら、ご飯を選択した。

「かしこまりましたー！　しょーしょーお待ちくださいー」

食堂内には、俺以外にもご飯を頼んでいる客をチラホラ見かけた。

「おまちどー様ですー。今日はーレッドカウていしょくでーす♪」

配膳された料理は、異世界版牛皿定食のようだった。

おお！　美味そうだな。

食べ始める前に、俺は深めの皿に入ったご飯の上に、レッドカウの牛皿をぶっかける。

そして、牛丼と化したそれをかき込むように食べた。

肉汁がご飯と絡み合って最高だ！

薄くスライスされたレッドカウは噛み応えが良く、噛むたびにジュワッと汁が広がる。

セットのスープも味噌みたいなのが効いていて美味い。

拠点に帰る前に、この味噌もどきは忘れずに買っておこう。醤油とかも探せばありそうだ。

ルンにも忘れないうちにおすそ分けした。

牛丼を食したルンはプルプル震え、ミョンミョンと上下に動く。そしてベチャリと広がった。

親子丼の時と同じ反応だ……この広がっているのは大丈夫なのか？

その後も勢いよくかっ込む俺の様子を見て、俺の真似をして食べる人が続出した。

いつも賑やかな食堂は、今日はなぜか静かに過ぎていくのだった。

食堂から自分の部屋へと戻ってきた。

結局、ミーシャとは会わないまま食事を終えてしまった。用事が長引いているのかな？

しかし、ミーシャが銀月亭の夕食を逃すとは思えない。

ちょっと気になったが、銀級の現役冒険者なら余計な心配かと思い直して、残りの本を読む。

しばらくすると夜も更《ふ》けていったので、俺は眠りについた。

◆　◆　◆

私はミーシャ・フォースター。フォースター家の長女だ。

もっとも、半分家を出たようなものなので、名乗る時はただのミーシャ、と言っている。

家族は父と歳の離れた兄だけ。母は物心つく前に流行り病で亡くなったので、私には母親の記憶はほとんどない。

最近は、異世界の稀人であるコウヘイと行動をともにしている。

きっかけは私が森の調査をしている時に、四腕熊に不意打ちを食らった傷を治してもらったことだ。意識のない私を介抱《かいほう》してくれたのが、コウヘイだった。

正直、あの何もない森で、あのままいたらまずかった。ポーションの類は四腕熊の一撃で無くしてしまっていたからな。だから、コウヘイは命の恩人だ。できるだけ恩を返していこうと思っている。

そのコウヘイは、異世界の神オージゾー様なる者からもらった力のお陰か、なんでもできる男だ。

家や家具、私の服も作ってもらったな……あれはちょっと恥ずかしかったが。

コウヘイはこの世界のことには疎かったが、理解は早く、私が教えたことはすぐにものにしていった。生活魔法の習得も早かったな。

すごいと感じる反面、恩の返し甲斐《がい》がないやつだとも時々思う。

コウヘイは料理もできるしな。

森の拠点にいた時は、調味料がないとコウヘイがぼやいていたが、出される料理は満足のいく物だった。それにくわえて、宿で作ってもらったあの〝親子丼〟なる物はとても美味かった。

〝親子〟か……

親子丼を試食している時、目の前のメイと宿の旦那が微笑ましく思えた。

看板娘のメイと宿の主人である父親。

あの家族もメイが小さい時に母親を亡くしているようで、私が身近に思っている理由の一つだ。

親子とはこうありたいものだと、つい少し遠い目をしながら考えてしまった。

それもこの後の用事と関係していた。

コウヘイに別行動を伝えたのは、実家に寄る用事があったからだった。冒険者ギルドで私宛に手紙が来ていたのだ。

そこには、一度戻ってくるように、と書かれていた。

私の家はスティンガーの町の代官だ。

本来治めている貴族に代わって、町の運営を任されている家が私の実家だった。

「ただいま戻りました」

スティンガーの町の貴族街にある、比較的大きい家の門をくぐる。

「お嬢様。よくお戻りで」

出迎えてくれた家の執事に、私は尋ねた。

「父上は？」

「はい、夜にはお戻りになるかと」

そう言葉を交わしてから、私は歩き慣れた部屋までの廊下を進むと、ドレスへと着替え始める。

メイドがパタパタとやってきて、着替えるのを手伝ってくれた。

「ミーシャお嬢さん、お久し振りですねぇ」

「ああ、マーサも息災なようで何よりだ」

お嬢様なんて柄《がら》じゃない、と苦笑しつつ、私はメイドのマーサと話す。

「今日はお泊りになるんですか？」

「いや、夜には宿に帰るつもりだが、ちょっと分からんな」

父との話次第だろう。ドレスに着替えた私は、手持《ても》ち無沙汰《ぶさた》のまま、その父親の帰りを待つのだった。


夕刻、日が沈みかけたところで、私の父——キースが帰ってきた。

父は獣人ではなく、普通の人だ。私との共通点は、鮮やかな赤い髪と碧眼だろう。

玄関で父が話す声が聞こえる。

「今戻った……なに？　ミーシャが戻ってきているのか」

「はい、キース様。昼ごろにいらっしゃいまして、お待ちになっております」

「ふむ。では夕食の時に話をするとしよう」

夕食の時間になり、父親と二人で食卓につく。

私の兄は騎士をしているのでこの場にはいない。創造神と眷属《けんぞく》の神々への感謝の祈りを捧げて、食事が始まった。

「まずはミーシャ。大きな怪我もないようでよかった」

父が、ゴブレットを掲げながら言う。

「はい父上。何とか無事、帰還することが叶いました」

私は目礼を返す。

「……それで父上、さっそくですが私を呼んだ理由はなんでしょうか？」

「そう慌てるな。まずは食事を楽しもうじゃないか」

交わす言葉も少なめに食事が進んでいく。銀月亭で供される食事より豪華なはずだが、私には何だか味気無かった。

ああ、銀月亭の夕食が食べたかった。

いつもより豪華だが、どこか満足感を得ることができないまま、夕食の時間が終わった。

「――それで話というのがだな……」

食後のお茶を口にしながら、父が言う。

「ミーシャもいい歳になったし、美しく育った。そろそろ相手をだな……」

「なっ⁉　父上！　その話は以前にお断りしたはずです！　そもそも私はこの家を半ば出た身。私には過ぎた話です！」

「しかし、このままというわけにもいくまい。それともすでに決めた相手でもいるのか？」

そう言われて、私はコウヘイの顔を思い出す。

しかし、この家の事情に巻き込むわけにもいくまい。

コウヘイのことを考えて、私は自分の顔が熱くなるのを認識した。

「――はい、それは、その……」

私は歯切れ悪く口籠る。

「ふむ。では、一度その方を連れて来なさい。それができないようなら、こちらの話を進めさせてもらおう。お相手は近隣の男爵のご令息だ。先方は乗り気で、ぜひ第二婦人に、と言われている」

「そう言われても困ります」

「なに、一度顔を合わせるだけでも構わんのだ。それで向こうの顔を立てることができる」

「しかし……」

まったく乗り気ではない。しかし、断るだけの強い理由もなく、このままでは相手を立てるために顔合わせを渋々承諾しなくてはならない。

「うむ。まぁ一度会ってみれば心変わりする可能性もあろう。なに、今すぐという話でもないのだ」

そんなことが起きるとはとうてい思えない。

前から、父のことは苦手だった。冒険者になると決めた時も、ずいぶん反対されたものだ。

だから、家を出て念願の冒険者になったというのに……それをいまさら縁談だなんて……

「今日はもう遅いから泊まっていきなさい」

「……はい」

私は何だかモヤモヤした気持ちになりながらも、実家に泊まるのだった。

第十話　再び森へ

翌日、俺は朝一でミーシャの部屋を訪ねてみたが、まだ帰ってきていないようだ。

いったいどうしたんだ？　心配だけど、行き先とかも知らないしなぁ。こんなことになるなら聞いておくんだった。仕方ない、ミーシャ抜きでダンジョンに行ってみるか？　五階層あたりなら大丈夫だろう。

俺は部屋で装備を整えて、ダンジョンへ向かう支度を済ませた。

アインに背負籠を背負わせて、ルンを頭の上に乗っけてから出発する。

ダンジョンのある建物へと入った後、ギルドの派出所を覗くと、そこに例の三人娘の姿があった。

「やぁ。おはよう」

俺は少女たちに朝の挨拶をする。

「おはようぅ、ございますぅ」

「おはよう、です！」

「あ、あの、その節はお世話になりました！」

マロンとリィナが挨拶した後、エミリーがお礼を言った。

エミリーは、すっかり回復したようだ。三人の装備もボロボロの物から新調されている。

「いやいや、大事ないようで何よりだよ。それより誰かと待ち合わせ？」

「いぃえ～。約束のぉ、コウヘイさんたちのぉ、手伝いをぉと思いましてぇ」

「ですです」

「だぜ！」

マロンの言葉にリィナとエミリーが同調する。

薄々そうじゃないかと思っていたけど……

「今日はぁ、ミーシャさんはぁいないんですかぁ？」

マロンが間延びした声で尋ねてきた。

「あぁ、ちょっと用事があるみたいでな……今日は俺とアインとルンで来た」

「そうなんです？　今日で都合良かったです？」

リィナが俺の顔を覗き込みながら聞く。

「ああ、俺たちも今日は五階層にいこうと思っていたところだからな」

「じゃあ、ちょうど良かったんだぜ！」

元気いっぱいなエミリーがそう言うと、俺たちは五階層へと向かうのだった。

ザシュッ！　というリィナの片手剣の一撃でグリーンウルフが倒れる。

エミリーの牽制の矢が隙を作り、そこをマロンがメイスで仕留めた。

最初に会った時は戦えなさそうだったけれど、あいつら意外と強いじゃないか！

俺たちはたまに現れるグリーンウルフを狩りながら、薬草類を採取していった。

「五階層なら平気そうだな」

俺は少し安心しながら、三人娘に声をかけた。

「です！」

「この間はアタシが下に行ってみよう、なんて言わなければ良かったんだぜ……」

エミリーが沈んだ声で言った。

「六階層からは敵の連携が強力だからなぁ……十階層まで行っちゃえばまた別なんだけどな？」

「そうなんですかぁ？　早くぅ十階層にぃ、行けるようにぃなりたいですぅ」

マロンがまだ見ぬ十階層に思いを馳せた。

「五階層のグリーンウルフの速さに慣れていけば、そのうち余裕で下の階層も回れるようになるだろ。ウチはアインがタンクしてくれるから楽なんだけどな」

「タンクです？」

「おう。盾持ちのこと。君らの場合はリィナちゃんの役割なのかな……敵を引きつけている間に、ほかの仲間が仕留めるんだ」

「「「ふむふむ」」」

俺は三人娘に戦闘時の立ち回り方を説明しながら採取を進める。

この三人は盾持ち、近接、遠距離と、なかなかバランスが取れているからな。結構いいパーティなんじゃなかろうか？　ちょっと抜けているけどな。

考えているうちに、またグリーンウルフが現われた。

今度はアインが前に出る。グリーンウルフの噛みつき攻撃を、アインが腕で受け止めた。

その隙に俺は魔力を練って魔術を使ってみることにした。昨日の本で読んだことを思い出しながら指先へと魔力を集中させる。

いけっ。ファイアアローだ！

一拍置いて出現した火の矢は、ボッと音を立ててグリーンウルフの眉間《みけん》に突き刺さった。

よし！　成功だ！

俺はファイアアローの手応えを見て、軽くガッツポーズする。

初めての魔術だけど、上手くいったみたいだ。致命傷を負ったグリーンウルフが、ドロップアイテムへと変わった。

「コウヘイさんはぁ、魔法もぉ使えるんですねぇ」

「すごいですです！」

「魔法なんだぜ!?」

俺の様子を見ていた三人娘が目を丸くした。

「おう。一応な」

魔法ではなく魔術だとは、説明しないままやり過ごした。やっぱり目立つし、今後は控えるか。

俺はドロップアイテムに変わった毛皮を拾いつつ、そんなことを考える。

もしかしたら、無詠唱の魔法使いなんかもいるのかもしれないけれど、今はミーシャがいないから適当なことはできない。

採取しながら、マロンたちと談笑する。

「へぇ～。コウヘイさんはぁ、ふだんはぁ森にぃ住んでいるんですかぁ」

「そうなんだよ。町には冒険者登録しに来たんだ。あと買い出しな」

「マロンたちとぉ、それほど登録した日はぁ離れていないはずなのにぃ、コウヘイさんはもう鉄級でぇ、十階層までいけるなんてぇすごいですぅ」

「教えてくれる先生がいいからな。ミーシャは銀級だし」

俺は、ここまでの成長はミーシャのお陰だと思っているので、率直にそれを伝える。

「ですです！　ミーシャさんもリィたちと近い歳なのに、もう銀級なんですよね！」

三人の中で一番背の低いリィナが、ミーシャのことを褒める。

そういえば、ミーシャは宿に戻ってきているんだろうか？　書き置きくらい残しておけば良かったかな？　まぁ、メイちゃんに聞けば俺たちがダンジョンに行っていることくらい分かるよな？

「アタシは、こんなゴーレムやスライムを従魔にしてるのがすごいと思うんだぜ！」

青紫色の髪のエミリーが、鼻息を荒くして言った。

ゴーレムのアインをペタペタ触ったり、スライムのルンをモミモミしている。

ルンを揉むの、癖になるよな。気持ちは分かるぞ。

「二匹とも偶然従魔にできたんだよ。だからテイマーのこととかはさっぱり分からん！」

「そうなのか……アタシもテイムするコツとか教えてもらおうと思ってたんだぜ……」

エミリーは気落ちしながらも、ルンを揉み続けている。

俺は苦笑して言う。

「そいつは残念だったたな。俺も教えて欲しいくらいなんだ」

その後も、採取時々グリーンウルフって感じで、特にトラブルなく進む。

アインの背負籠が満杯になったところで、皆で地上へと引き上げた。

「今日はありがとうな」

「いえぇ。こちらこそですぅ」

「ですです」

「一緒に採取できて楽しかったんだぜっ！」

マロン、リィナ、エミリーが並んでそう言った。

「これからは気をつけていけよ？　もっとも五階層なら問題無さそうだったけどさ」

「はいぃ、しばらくはぁ、五階層にぃ通いますぅ」

「また何かあったらお手伝いしますです！」

「アタシも手伝うぞ！」

俺は三人娘たちと別れて、ギルドの派出所へと向かった。

採取物を提出したら、結構な額になった。

帰りに錬金術の器具を揃えようと思って、モンタナ商会へと足を運ぶ。

店に着いてから錬金術のコーナーをキョロキョロと探していると、トットさんが呼びかけてきた。

「おや？　旦那じゃねぇですかい。その後お変わり無く？」

「ああ……取引は来月の最初の陰の日ですよね？」

「へい！　それで、今日は何かご入用で？」

「ちょっと錬金術の器具を見繕いに、ね」

「へぇ！　旦那は錬金術もやるんですかい。確かにお連れのゴーレムも立派なもんだ！」

アインは錬金術で作り出したわけじゃないが……ややこしくなるので黙っておく。

「――錬金術関係はこっちでさぁ」

トットさんの案内についていくと、本で読んだ器具がずらりと並んだコーナーに着いた。正直、物の良し悪しは分からない。困っていると――

「良ければお手伝いしやしょうか？」

とトットさんが言ってくれた。

トットさんの説明を聞きながら、俺は買う物を決めていく。

「毎度でごぜぇやすー。またのお越しをー」

錬金術の器具を購入した俺たちは、トットさんに見送られて店を出た。

ついでに宿への帰り道の途中で、塩や他の調味料を見かけては購入していく。

宿に入ると、メイちゃんから鍵を受け取った。

「あ、コウヘイさん。ミーシャさんがお戻りみたいですー」

「そうか。ありがとう」

二階へ行き、俺の向かいの部屋をノックする。

「ミーシャ。戻っているのか？」

しばらくの間の後、カチャリとドアが開いた。

「ああ……コウヘイ。昨日と今日はすまなかったな。明日からミーシャもダンジョンに戻るぞ」

心なしかミーシャは元気が無さそうだ。

「そうか。何かあったのかと思って心配したぞ？」

「うむ。すまない。ちょっと立て込んでいたのだ」

言いにくそうな空気を感じて、俺はそれ以上聞かないでおいた。

「じゃあ、また夕食の時に声をかけるよ」

「ああ」

何があったのか気になるな……けれど、ミーシャが自分から言ってくるまでは聞かないでおこう。

部屋に戻って、装備を外してからアインとルンに手をかざす。

「ほれ、アイン、ルン」

ポワッ。キラッ。

「お前たちもお疲れ様な」

そして夕食の時間になったのを確認すると、俺はミーシャと一緒に一階の食堂へ向かった。


それから二日間、俺たちはダンジョンの十階層に通った。宿は延泊の手続きをしてある。

俺とミーシャはレッドカウとトール・コッコを狩りまくり、ホクホク顔だった。

今日は、ミーシャとのダンジョン探索を休みにして、市に向かっているところだ。

明日から森の拠点へ戻るため、必要な物を買い足しに来たのだった。

道中で必要な携帯食や油、塩や調味料も買っていく。探したら味噌もどきや醤油もどきに、スパイスなんかも売っていたので、それも購入した。

これはもしかしたら……カレーが作れるかもしれない。

目ぼしいスパイス類を買いまくっている俺を、ミーシャがちょっと呆れ顔で見ていた。

「コウヘイ、買いすぎではないか？」

「ん？　いやいや、これは必要な物なんだよ。ミーシャも食えば分かるぞ？」

「そう言うなら……コウヘイの料理は美味いからな。楽しみにしている」

今日は、荷物が多くなりそうな予感がしていたので、ゴーレムのアインを連れている。

おかげで荷物持ちは万全だったが、すれ違う人たちに時々ギョっとした顔を向けられた。

こうして市での買い物をしているうちに、一日があっという間に過ぎるのだった。


お世話になった宿から出て、森へ戻る日がやってきた。

俺とミーシャはメイちゃんに鍵を渡して挨拶する。

「お世話になりました」

「うむ。メイ、また頼む」

「はいですー。また来てくださいね？」

メイちゃんの言葉に頷いて、俺たちは宿を後にした。

ずいぶんとあっさりとしていたが、冒険者なんてのはこんなものなんだろう。俺はしばらく過ごしていた町並みを感慨深く眺めながら歩いた。

また来たいな、と思いながら俺たちは町を発つのだった。

拠点への復路は、行きの道のりと違って少し遠回りだ。

その理由は、スティンガーの町の南にあるという、泥麦もとい米を育てている村へと寄るため。

これにはミーシャも賛成してくれた。

どこまでも広がる青空の下、俺たちは両脇が穀倉地帯の道を進む。

ルンはアインの背負籠の上で、ミョンミョンと伸び縮みしていた。

南にあるという村は割りと近い距離で、昼ごろには到着した。

俺たちは長閑《のどか》な雰囲気の村の入り口に向かい、そこに立っている人に声をかけた。

「あの～、すみません。この村で泥麦の苗か種籾を分けてもらえるって聞いたんですが……」

「はいはい。そうしたら村長のところへ行ってくれるかい？」

場所を聞いて、俺たちは村長の家まで辿り着くと、俺は声を張り上げる。

「――すみません！　どなたかいらっしゃいますか！」

「……はいはい、と。どちらさんですかねぇ」

ほどなくして、白髪の老人が杖を突きながら家から出てきた。

「あ、こういう者です」

俺は自分の冒険者証を村長らしき老人に見せた。

「はぁ。それでその冒険者のコウヘイさんは何の御用で？」

「実は町で買い物をしていた際に泥麦の存在を知りまして……それを譲ってもらえないかと」

「ほう……泥麦をねぇ？」

「はい。できれば根菜の種や苗もあると嬉しいです」

「まぁいいでしょう。おーい、誰かいるか!?」

村長の声を聞いて、どこからともなく村人がやってくる。

「この人たちが、泥麦や根菜類の種や苗が欲しいんだと。見繕っておやりなさい」

「「「へい！」」」

次々と集まってきた苗や種を、俺たちはそれぞれ小袋に小分けにしていった。

「ありがとうございました。お代はいくらになりますか？」

「そうですなぁ。大銅貨五枚でいいですぞ？」

安っ！　そんなに安くていいのだろうか？

そう思いつつ支払いを済ませると、俺たちは村の人たちにお礼を言って、その場を後にした。


村を出てからの旅は順調に進み、三日ほどかけて開拓村へと辿り着いた。

久しぶりにやってきた開拓村は、以前と変わらずのんびりとした雰囲気だ。

皆でマットさんの家を訪れる。

「マット！　いるか！」

ミーシャが大きな声で言うと、ドタドタと足音を響かせてマットさんが家から出てきた。

「ミーシャとコウヘイか！　よく来たな！」

ガハハと笑いながらマットさんが答える。

「お久しぶりです」

俺はペコリ、と挨拶する。

「とりあえず上がっていけ！」

くるりと踵を返すマットさんの後を、俺たちはぞろぞろとついていく。

アインは納屋の場所を覚えているのか、そちらへ向かっていった。

「お邪魔する」

「お邪魔します」

「おう！　おーい、サラ！　ミーシャとコウヘイが来たぞ！」

「はいはい、と。あら、いらっしゃい」

サラさんが奥から出てきたところで、マットさんが俺たちに尋ねる。

「それで……町はどうだった？」

「うむ。変わりなく、だな」

「意外とでかかったですね」

ミーシャと俺が順番に感想を言った。

「確かにあの町はでかい！　ダンジョンもあるしな！」

「ええ。ダンジョンも少し行きましたよ。な？　ミーシャ」

「うむ」

そこまで話してから、マットさんが自分の顎を擦った。

「……ところで、コウヘイの頭の上に乗っているのはスライムか？　見たことねぇ色合いだな！」

「はい。俺がテイムしました。ルンと言います」

「ガハハ。そうだったか！　相変わらずコウヘイはすごいな！」

今度はミーシャがマットさんに尋ねる。

「森の様子はあれからどうなのだ？　いちおうギルドにも同じように報告しておいたが……」

「おう、森な！　以前と変わらないくらいには落ち着いてきたようだぞ！」

そうか、それは良かった。俺がクレーターを作ったせいで森の生態系が崩れたなんて、嫌だからな。

一安心だ。

このままマットさんと近況を報告し合い、俺たちは夕食をご馳走《ちそう》になった。

ミーシャは彼らにお土産か何かを渡していたみたいだ。

マットさんのご厚意で一泊させてもらい、俺たちは朝を迎えた。

俺たちは再び旅の準備を済ませて、マットさんに挨拶する。

「お世話になりました」

「お前ら、本当に森の中に戻るんだな！」

マットさんが愉快そうに言うと、ミーシャが頷いた。

「うむ。ミーシャたちは来月の最初の陰の曜日に、モンタナ商会とここの村で落ち合う約束があるので、また来るがな」

「おう！　村も隊商が来るってのは歓迎だ！　活気づくからな！」

見送ってくれるマットさん夫婦に手を振りながら、俺たちは森の奥へと続く道へ進んだ。

さあ、もう一息で我が家だ！

開拓村から森の中を進み、途中で一泊した。以前休んだ地点と同じだ。

道中、俺は意識的に大地の力を流すようにして歩いた。その結果、木々は俺を避けた後も戻らずに、そのまま脇に寄ったままになる。

目的は、ウチの拠点に人が来やすいように道を拓いておくことだ。

歩いているうちに湖が見えた。そこから少し歩いて、ようやく拠点に辿り着く。

俺はサッと小屋の周りを確認した。

動物に荒らされたりはしていないようで安心する。

そして小屋の入り口から中へと入った。

「ただいまー」

久しぶりの我が家に帰ってきたぜ！

ガサガサッ――――ん？　今何か音がしたような？

俺に続いてミーシャが家の中に入ってくる。

気のせいかなと思って、俺たちはリビングへと向かった。特に何もない。鼠《ねずみ》でも出たか？　今まで拠点で鼠なんか見かけなかったけど。

アインから背負籠を下ろして、俺は部屋へと向かう。

ミーシャも自分の部屋に入っていった。

俺が部屋の前に立つと、扉が少し開いているのに気がつく。

隙間から誰かがジーッと見つめてきていた。怖っ！　ってか誰だ？

「……こんにちは？」

とりあえず声をかけてみるが、ソレはジーッと見つめ返すだけで返事はない。しかも視線の位置はかなり低い。

子供か⁉　何でこんなところに？

近づいて扉を開けると……そこには、ほへぇっと口を半開きにしている全裸の幼女の姿。

幼女の髪は、緑色で艶《つや》やか。森林の奥深くを思わせる色だった。

瞳は金色の宝石のように輝き、周囲の光を反射している。

その眼差しで、幼女が不思議そうに俺を見つめる。頭頂部のアホ毛がピコピコと揺れていた。

「ミ、ミーシャ！　ちょっと来てくれないか⁉」

俺は慌ててミーシャを呼んだ。

このままでは通報されて！　おまわりさんが！　……俺は目をぐるぐるさせる。

「どうした？　コウヘイ？　む」

ゆったりとやってきたミーシャは、全裸の幼女を見て固まった。

違う！　俺はまだ何もやっていない！

俺はおろおろとしつつ、ミーシャを見る。

「——これはどうしたものか？　迷い子か!?　こんな森で？」

ミーシャが難しそうな顔をしている。俺はとりあえず着る物をと思い、あたりを見回した。

部屋の隅に立てかけてあった木の端材に大地の力を流して、よく伸縮するかぼちゃパンツとワンピースを作り、ミーシャに手渡した。

「……ミーシャ、ひとまずこれを着させてやってくれ」

「——む？　うむ。そうだな」

ミーシャが幼女の手を引いて、部屋へ戻っていった。その間も俺の頭の中は混乱していた。

だいたいからして親はどうしたんだ？　あんなに小さな子をほったらかしにするなんて！

そんなことを考えながら、俺は装備を外していく。

ふぅ。頭の上のルンを撫でて精神を落ち着かせた。

荷物の整理をして、ある程度片付いてから、リビングの背負籠の整理に移る。

これは台所へ。これはあとで俺の部屋に持っていこう。

作業を進めていると、ミーシャが困った顔をして、幼女の手を引きながらやってきた。

「ありがとう、ミーシャ……ん？　どうした？」

「うむ。おとなしい子なので手はかからなかった。しかし言葉がな……」

これくらいの子なら多少は喋れるはずだが、この子は全然喋れないっぽい。

不思議そうな顔で、着せられたワンピースをいじっていた。

この子には悪いが、鑑定させてもらおう。名前なんかが分かるといいな。

名前：家妖精《いえようせい》■■■■
説明：杉浦耕平の眷属。

「ふぁっ⁉」

家妖精？　妖精なんているのか、この世界？　それに俺の眷属って……何だよソレ。

「む？　どうしたコウヘイ」

「あ、ああ。鑑定したんだが、家妖精って出てきた。しかも俺の眷属ということらしい……」

「どういうことだ？　コウヘイの眷属？　それに妖精？　この子が？」

互いに首を捻っていると、家妖精の子がトテトテと俺のほうにやってきた。

俺の手を取り、自分の頭に乗せる。

何だ？　撫でればいいのか？

戸惑いながらその子の頭を撫でたら――

「あー！　うー！」

俺の手を掴んだまま、むずがるようにいやいやと首を横に振った。

んん？　こうじゃないのか？　ひょっとして……

今度は頭を撫でながら、大地の力を流してやる。

「あう～♪」

家妖精の子が満足そうに目を細める。正解だったようだ。

ポワッ。謎の発光現象も起こったが、まぁこれはいつものことだな。

とりあえず、迷子というわけじゃなくてホッとした。

「――名前も考えてやらんとなぁ……ミーシャは何か案があるか？」

「ふむ。名前か。コウヘイの眷属なのだから、コウヘイが考えるのがよいのではないか？」

「そうか？　うーむ……家妖精なぁ……」

むむむ。女の子の名前を考えるのって難しいな。

「……そうだな……ノーナなんてのはどうだ？」

「うむ？　いいのではないか？　可愛らしくてよい名だ」

「うん。じゃあノーナで決まりだな！　お前の名前はノーナだ」

ポワン。俺がその子にノーナと名づけると、その子の体全体が一瞬光った。

「あう！」

謎の発光現象を起こしながら、ノーナが返事らしき声を上げる。

ノーナは大人しく、むやみに動き回ることもなかったので、俺たちは荷解きの続きを再開した。

俺たちが荷物を移動したりしている様子を、ほへぇっとした顔で見つめるノーナ。

そのアホ毛が左右に揺れていた。

時々ノーナの様子を気にしつつ、俺たちは片付けを進めるのだった。


翌日から、俺たちは森での暮らしを再開した。

ミーシャは釣りを楽しんだり、アインを連れて狩りに出かけたりしていたようだ。

俺はといえば、畑を拡張して、スティンガーの南の村から譲ってもらった苗や種を植えた。

土いじりもなかなか楽しい。とはいえ、大地の力頼りなので本職の農家とはまるで違うが。

田んぼも作ったし、手狭になった広場も広げた。切り倒した木はアインが隅に積んで、根っこは粉砕、畑や田んぼの土に混ぜて肥料とした。

これだけ畑や何やらを広げたら、動物もやって来るかと思ったが、いっこうに現れる気配はない。

ミーシャ曰く、広場から一定の距離が空いたら普通の森になっているということだ。

お地蔵様の効果かな？　よく分からないけど、不都合はないので良しとする。

ノーナは、俺の後をトテトテとついてきては作業をほへぇっと見ていたり、干してある魚を指でツンツンしたりしていた。
小さい子の教育ってどうすればいいんだろうな？
ノーナの行動範囲はおおよそ広場までで、そこから遠くへ行こうとはしない。
だいたい家周辺にいることが多く、一人でどこかに出かけるってことは無さそうだ。

第十一話　温泉ができた！

町で調味料や米を手に入れてから、俺の異世界ライフの衣・食・住が充実してきた。
しかし一つだけ、足りないものがあった。
風呂だ。
今さらこのことが気になりだしたのは、森である実を発見したからだ。

名前：ソープナッツ
説明：良く泡立ち、肌に優しい。

これを見た俺は、元の世界のボディソープをつい思い出してしまい、いてもたってもいられなくなったのだ。

だから、風呂を、作る！

しかし、水量や湯を沸かすための火など、問題は多い。

俺は小屋の外の地面に大地の力で干渉して、探査を広げた。温泉を発見するためだ。

魔力探査で鍛えられたのか、以前より範囲は広がっていた。

「あう♪　はぁい！」

その様子を見ていたノーナは手をパチパチと叩きながら楽しそうな声を上げていた。

いや、結構キツイんだよ？　これ。

ほどなくして、お目当ての物を見つけた。地下の奥にある温泉だ。

成分が温泉として浸かるのに適していることを期待しつつ、石で配管を作るイメージでこの広場まで引っ張ってくる。

くおぅ！　キツイ！

探査と大地の力の併用のせいか鼻血が出たが、気にせず配管を伸ばす！　伸ばす！

「つおりゃああああああぁぁぁぁぁ!!」

ドッ！　地面からお湯が噴き出した。勢い良く溢れるお湯から湯気が立ち上る。

やった！　成功だ！　さっそく温泉を鑑定しよう。

名前：マジカリウム炭酸水素泉
説明：浸かると体力、魔力を回復する、そのほかの効能もあり。

おお！　良さげな泉質だな！

疲れ果ててしまった俺は、その場に座り込んで一休み。膝の上にルンを乗せてモミモミする。

鼻血を水球で流してから、俺は再び地面に手をついた。もう一踏ん張りだ。

大きめの岩を地中から集める。触ったら怪我をしそうな鋭い岩は滑らかに処理をして並べたら、五、六人は入れる湯船の完成だ。

建屋は今度でいいかな？　余裕がある時にやろう。

それから排水の配管を湖へと伸ばした。錬金術の本に浄水の魔法陣が載っていたから、こちらも後ほど処理をすることにする。

洗い場もちゃんと造ったぜ！　さて、お湯の熱さは？

そーっと慎重に手を湯船の中に入れると、熱すぎず温《ぬる》くもなく、ちょうどいいくらいだった。

木の端材から、垢すりや桶などの細々した物も作っておく。

せっかく作ったんだから、今すぐ入っちゃおう！　まだ明るいけど気にしない！

ノーナをどうするか悩んだが、まぁ親戚の子みたいなもんかと思って、一緒に入ることにした。

さっそく、着替えとタオルを用意して、ノーナと二人で風呂へ向かう。ルンもコロコロと転がってついてきた。

俺は風呂の前で脱衣を済ませて、ノーナの服も脱がせる。ノーナはキャッキャッと楽しそうだ。

裸になったノーナが湯船に向かいそうになるのを、俺はガシッと捕まえた。

「ノーナ。まずは体を洗わないとダメだぞ？」

「あう？」

俺はザバッとノーナにお湯をかけてやり、ソープナッツを潰して泡立てる。

「目を瞑っておけよ？」

「あう！」

ノーナを頭から洗っていき、体を垢すりで擦る。あとはお湯で流して、と。

洗い終わったノーナを湯船に浸けた。湯気で湿ったノーナのアホ毛がへにょりと垂れる。

「大人しく入っているんだぞ？」

「あ〜〜〜♪」

何だかノーナがおっさん臭い声を出していた。

俺も早く体を洗って入りたい！

そう思っていたら、ルンが俺の足にボディアタックをしてくる。なに？　洗えってことか？

俺はルンもザッと洗っていく。泡立ったルンを両脇から掴むと……ポンッと飛び出した！

その動きが楽しかったのか、ポンポンと飛び跳ねながら俺のところへと戻ってきて、俺の足に体当たりをしてくる。

俺は自分の体を洗いながら、しばらくルンの遊びにつき合った。

汚れを洗い流して、ついに念願の風呂だ！

足先からソロッと入っていき、肩まで浸かった。

「ゔあぁぁぁぁ……」

つい、俺もおっさん臭い声を出してしまった。

先に入っているノーナをちらりと見ると、顔がふにゃっとなっていた。

うんうん。風呂はいいよなぁ。

ルンも湯船に入り、プカプカと浮かんでいる。

そのまま俺たちは、入ると体力や魔力などが回復するというお湯に、ゆっくりと浸かった。

ふやけたノーナの手を引き、湯あたりしないうちに風呂から上がる。

脱衣所なんかも造らないとなぁ。

まずはルンをサッと拭き上げて、ノーナの体を拭いていく。暴れたりしないからこの子は楽だ。

「あう♪」

ノーナと自分の身体をしっかり拭いてから、まだ自分で服を着られないノーナに服を着せていく。

最後に、送風の魔法を使って俺たちは髪を乾かした。電源が無くても使えるから、便利だ。

ノーナの髪を乾かすと、アホ毛がピンと立った。心なしかツヤツヤしているな。

部屋に戻った俺は、錬金術の本を取り出して、浄水の魔法陣を確認した。お風呂の排水を何とかしないとな。

石をタイル状に変形させて、魔法陣を刻み込む。本来なら魔石の粉末を溶かした特殊な溶液を流し込むんだが、俺ならそのまま魔石を流し込めるんじゃないかと思い、手に持った魔石に大地の力を注いだ。魔石が刻んだ魔法陣に沿って形を変える。

これで成功しているはずなんだけど……何かで試して、浄水の効果を確かめたい。

台所に置いてある水瓶を鑑定した。多分湖の水って出るはずだ。

名前：湖の水
説明：生水、飲用非推奨。

よしよし、出た出た。これに浄水の魔法陣を刻んだ石版を浸してみる。

時間を置いてから確認しよう。

時間の空いた俺は部屋に戻って、モンタナ商会の納品に備えて反物を作ることにした。

そのうち倉庫なんかも造らないとダメかな？

考えているうちに、シュルシュルっと反物が出来上がっていく。

しばらくその作業を続けてから、俺は台所の水瓶の水を確認しに行った。

名前：浄化された水
説明：錬金術で浄化された水、飲用可。

「よしよし」

これで排水の問題も解決っと。

何枚か同じ要領で石版を作り、外に持っていく。そんな俺の様子を見ながら、ノーナがトテトテとついてくる。外に出た俺は、風呂の排水機構の一部を掘り返して、浄水の石版をセットした。

これでいいはずだよな？　念のため湖まで行って確認しておくか？

「ノーナ。俺はちょっと湖を見てくる。すぐ戻るから」

「あう」

コクンとノーナが頷く。その様子を見てから、俺は頭にルンを乗せて湖へと確認しに行った。

「……え～～っと？　確かこのあたりだと思うんだけど……」

排水の出口を見つけて、鑑定をかける。

名前：浄化されたぬるま湯
説明：錬金術で浄化されたお湯、飲用可。

うん。大丈夫みたいだ。

排水の問題が解決したのを確認した俺は、軽く伸びをしながら拠点に戻るのであった。


夕方、差し込むような夕日の中、ミーシャとアインが狩りから戻ってきた。

「おかえり、ミーシャ」

「うむ。ただいま、コウヘイ」

狩った獲物を下ろして、荷物を解くミーシャ。

「コウヘイ。外に見慣れない池みたいなのができていたが？」

「おう。あれは風呂だよ。壁なんかは作ってないけどな。俺とノーナは先に入った。いい湯だったぞ」

「なにっ！　風呂を造ったのか!?　やはりコウヘイはすごいな！」

「おう。ミーシャも入ってきちゃえよ。使い方とか分かるか？」

「うむ！　作法は心得ている。では入らせてもらうとするか！」

風呂に向かうミーシャに、忘れずに垢すりやソープナッツ、タオルなどを渡した。

「これ、使ってくれ」

「うむ！　すまないな、ありがとう」

着替えも持ったミーシャは、外の風呂に入るべくいそいそと家から出ていく。

「……さて、俺は夕食を仕上げちまうか！」

夕食の支度ができたところで、ミーシャが風呂から上がってくる。

上気した頬が妙に色っぽかった。仄《ほの》かにソープナッツのいい香りも漂わせている。

「うむ。お湯がたっぷりと使えるこの風呂は素晴らしいな。久しぶりの風呂だ」

「ん？　ミーシャは風呂を使ったことがあるのか？」

「ああ。実家には風呂があったからな」

「そうなのか」

しかし話を聞くと、湯を張ったお風呂ではなく、湯気で汗を落とすサウナのようなものだった。

そういやミーシャから実家の話なんて初めて聞いた気がする。

そして夕食の時間になった。

今日は肉じゃがもどきを作ってみた。もどきってのは使った根菜類が名前の分からない物だからだ。人参もどきやじゃが芋もどき、まぁ味はほとんど一緒だ。炊いた米と一緒に卓に並べた。

「さぁ！　食べるか！」

気合の入った俺は、よく味の染みたじゃが芋もどきを口へと運ぶ。

俺は新しく作ったマイ箸で、ミーシャは匙を使っている。

そのままご飯もあわせて口へ……ハフハフ。美味いな。使っている肉は突進猪だ。こちらも味が染みて美味しい。ミーシャは無心で匙を動かしていた。

ノーナは匙を逆手に持ち、ふぅふぅしながら頬張っている。俺は不器用ながらも一生懸命食べているノーナを眺めた。ルンにもおすそ分けすると、上機嫌でミョンミョンと上下に揺れた。

いやー、しかし温泉を家に引っ張り込めたのは良かったな。これで心置きなくいつでも風呂を楽しめる。あとは風呂に屋根をつけるかどうかだな。軽く塀みたいなので囲うのもありかもしれない。

次の日、結局風呂に屋根はつけないことに決めた。塀があれば十分だろうという判断だ。

隣に脱衣所も造った。

「ふぅ。こんなものかな……」

「あう♪」

塀や脱衣所を大地の力で造っている様子を見たノーナが、パチパチと手を叩いて喜ぶ。

俺はそんなノーナの頭を撫でながら大地の力を流した。

よし！　これで風呂は一段落だな。ひとまず完成だ。

部屋へと戻ってから、俺は部屋で錬金術の練習をしようと思い立った。

せっかく本や器具を揃えたし、ポーションを常備できれば、何かと便利だからな。

錬金術の本の初級ポーションのページを見ながら、さっそく作ってみる。試すうちに、魔術を組み合わせると非常に効率がいいことに気がついた。水を魔術で出したり、材料の乾燥や撹拌《かくはん》なんかにも応用した。

ルンは俺の近くでコロコロと転がっている。暇なのか、ルン？

ノーナは出来上がったポーションを透かして見ていたのだが――

コロコロ転がっていたルンとノーナがぶつかり、その反動でノーナがポーションを落としてしまった。床に落ちた瓶は音をたてて割れ、中の液体が床に広がる。

あーあー、容れ物も割れちゃったか……まぁ大地の力で簡単に修復できるけれども！　ポーションもまた作ればいいか……

「あうー……」

指を咥《くわ》えながら、ノーナが悲しそうな声を出した。ルンも責任を感じたのか、慌てながらこぼれたポーション液を集めようとしている。

「ノーナ、また作るから大丈夫だぞ？　ルンも落ち着け」

俺が二人を慰めていると、ルンが空の容れ物のそばまで移動して何やらもぞもぞとし出した。

何だ？　ルンは何がしたいんだ？

様子を窺っていたら、空の容れ物に何やら液体が満たされていた。

俺は鑑定を使ってその液体を確認する。

名前：濃縮《のうしゅく》ポーション

説明：濃縮されたポーション。

濃縮ポーションとな？　違いがよく分からないが、何かに使えるんだろうか？　一応取っておこう。体内で濃縮させるとか、ルンってすごくないか？

「ルン。ありがとうな」

ルンがミョンミョンと上下運動する。どういたしましてってことか？

俺はその様子を見てフフッと笑ったのだった。

第十二話　巻き込まれ決闘

いつも通り畑や田んぼの世話をする。

ウチの作物は育ちが早く、収穫まであっという間だ。手の空いている時にアインも手伝ってくれているので、世話自体もそれほど大変なことはない。

そろそろ倉庫がほしいところだな。造ってしまうか。

俺は木材を担いで手頃な場所まで運ぶ。ついでに地下室も造っておくか。ちょっとした冷暗所だ。

地面を整地してから、地下へと伸びる階段を造っていき、地下室を広げるようにした。

地下室の天井もしっかり強化しておく。

次は上だ。施設づくりはもう慣れたもので、木に大地の力を流して、一気に造った。

倉庫の完成だ！

拠点の小屋から、すぐには使わない物を倉庫に運び込むと、部屋がすっきりした。

特に、場所を取っていた納品用の反物を移動できたのが大きい。

収穫した物も倉庫に移していく。台所もゴチャゴチャし始めていたから助かった。

そんな風に家の設備を充実させていたある日、二頭引きの馬車がやってきた。

馬車はウチの前でゆっくりと止まり、中から人が出てくる。

「──こんなところまで来る羽目になるとはな。何もないではないか！」

悪態をつきながら出てきたのは、青っぽい短い髪をした男性。後ろ髪の一部を伸ばして纏めていた。身なりは普通の町人よりしっかりとしたものだ。貴族なのだろうか？

「……あの～？　ウチになにか御用ですか？」

俺は様子を窺いながら声をかける。馬車がちょっと豪華だったので、敬語で話すことに決めた。

隣にいたノーナは、その様子をほへぇっとした顔で眺めていた。

大人しくしてくれているな。よしよし、頭を撫でてやろう。

「ふん！　ここにミーシャ・フォースターがいると聞いてやってきたのだ。一度、顔を拝んでやろうと思ってな！」

男は偉そうで、ちょっと感じが悪かった。何を苛《いら》ついているんだろうか？

「はぁ……たしかにミーシャはウチにいますが……ミーシャにどういったご用件で？」

俺はちょっと訝《いぶか》しく思いながら、目を細めて聞く。

「お前では話にならん！　いいからさっさとミーシャ・フォースターを出せ」

名乗りもしないまま、そんなことを言い立てる不遜《ふそん》っぷりに、俺は口元を引《ひ》き攣《つ》らせながら話す。

「――あいにくミーシャは出ておりまして……戻りは夕刻ごろになると思いますが？」

「何っ⁉　そんなには待てん！　仕方ない、これをミーシャ・フォースターに渡しておけ！　キース殿からの手紙だ」

そう言って彼は懐から便箋《びんせん》を取り出して、俺に乱暴に差し出す。

キース殿？　誰だ？

「近くの開拓村にしばらく逗留《とうりゅう》する！　その間に顔を出すようミーシャ・フォースターに伝えておけ！　……では失礼する」

俺が手紙を受け取ったのを見ると、彼はバッと踵を返して馬車に戻っていった。

馬車が動き出して、元来た道をガラガラと帰っていく。

……俺とノーナはポカンとしていた。結局、名前も聞けずじまいだった。

その日の夕食を済ませた後、ミーシャに今日あったことを話す。

「――ミーシャ、実は昼前に変な人が来てな。こんな手紙を預かっている。確かキースさんって人からの手紙だ」

そう言って便箋を渡すと、ミーシャは眉間に皺《しわ》を作りながら、その手紙を広げた。

「……ふぅ～」

しばらく読んでいたミーシャが、顔を上げて溜め息を漏らした。

「何て書いてあったんだ？」

気になった俺は、ミーシャに尋ねる。

「うむ。ミーシャの見合い相手についてのことだった」

何だって⁉　ミーシャにそんな相手がいたなんて初耳だ！

話を聞くと、お相手はスティンガーの隣の町を治める男爵《だんしゃく》の令息で、どうやら今日やってきたあの感じの悪い彼のようだった。アイツかぁ……

「――何かしばらく開拓村にいるみたいだぞ？　その間にミーシャに顔を出せって言ってた」

「はぁ～……そうか……」

ミーシャが再び深い溜息をついた。

「……どうする？　行くのか？」

「うむ。行かねばなるまい」

知らんぷりするわけにはいかないらしい。

「そういや、キースってお人は誰なんだ？」

「む？　ミーシャの父上だ。手紙は父上からだった」

「そうだったのか」

相談の結果、開拓村へ行くのは、陰の曜日の少し前にした。ミーシャの用件も反物の取引も一緒に済ませてしまおう、ということだ。

それからしばらくはいつもどおりに過ごした。

開拓村への道中は、往復で最短三日は見ておかなければならない。

準備を進めつつ、俺たちはノーナをどうするか悩んだ。

荷物持ちでアインは連れていくことが決まっている。ルンはどちらでもいいが、頭に乗せるだけだし、連れていっても問題ない。となると、小屋にはノーナ一人ぼっちになってしまうのだ。

相談の末、ノーナも連れていくことが決まった。

あまり家から離れたがらない子だが、大丈夫だろうか？


俺が切り開いた開拓村への一本道を進み、途中で一泊。

その次の日の夕方前には村に到着した。さっそくマットさんのところへ顔を出す。

「マット！　いるか!?」

ミーシャの呼びかけに、ドタドタと騒がしい足音が響く。

「おう！　ミーシャたちか！　ここしばらくは町の連中が泊まっていてな、家には泊めてやれねえんだ。スマンな！」

「うむ。存じている。どこか泊まれる場所を紹介してもらえないかと思ってな……」

「そうか！　それじゃ、ヤッキの奴にでも頼んでみるか……少し時間をくれ！」

「うむ。頼んだ」

「おう！　任せとけ！」

マットさんはガハハと笑い、村のとある家までドタドタと走っていく。

ややあって、どうやら俺たちがお世話になる家が決まったようだった。その家の主人はヤッキさんと言って、ミーシャも顔は知っているみたいだった。

「こりゃーフォースターんとこのお嬢じゃねーですか。お久しぶりですなー」

「うむ。ヤッキ殿も息災なようで、何よりだ」

ヤッキさんはふだん、狩りの仕事をしていて、村にいることが少ないようだ。

確かに、前に二度来た時もヤッキさんとは会わなかったもんな。

「はじめまして。耕平と言います。こっちの子がノーナ。ほら、ノーナ、挨拶」

「あうー♪」

ぴょんことノーナが飛び跳ねて、アホ毛を揺らす。

ヤッキさんの家にお邪魔して、夕食を分けてもらい、寝床も貸してもらった。

久し振りに過ごす村の夜は、静かに過ぎていくのだった。

翌日、モンタナ商会がやって来る陰の日になった。向こうがいつごろ村に来るのか分からないけど、俺の準備は済んでいる。

朝食を皆で済ませながら、ミーシャに尋ねた。

「今日、ミーシャはどうするんだ？」

「うむ。先方を待たせているようなのでな。ミーシャはそちらに顔を出すつもりだ」

「そうか……俺はモンタナ商会が来るまで暇なんだよな。ついていっていいか？」

「ふむ。まぁ大丈夫なのではないか？」

感じの悪い彼のところに、ミーシャを一人で行かせるのが嫌だったこともあり、俺は同行した。

「そういえば彼は何ていう名前なんだ？　この間も名乗っていかなかったしな。俺、名前聞いていないんだ」

「何!?　そうなのか？　……オルガ・クラスラントという名前のはずだ」

……ふーん。聞いてはみたものの、何か引っかかるものがあるわけでもなく、適当に返事する。

ノーナの手を引いて、ミーシャと一緒にマットさんの家へ向かう。ルンは俺の頭の上だ。

家の表には、素振りをしているマットさんがいた。

「マット、おはよう」

「おはようございます」

「おう！　おは、ようだ！」

ミーシャと俺の挨拶に、ブオンブオンと素振りの音を立てながら返事をするマットさん。

「――マットのところにクラスラントの令息がいるだろう？　ミーシャが来た、と伝えてくれないか？」

「おう！　いい！　ぞと！」

一段落したのか、汗を拭きながらマットさんがこちらへ向き直る。

「それにしても、いつの間にお前ら子供なんて作ったんだ！」

ガハハと笑いながら冗談を言ってマットさんが家の中へと戻っていった。

ミーシャが頬を上気させる。気まずいな……

ほどなくして、家からあの男が出てくる。

「やっと来たか、ミーシャ・フォースター！　僕がお前の未来の夫のオルガ・クラスラントだ！」

自信に満ち溢れた表情をしながら後ろに束ねた髪を揺らして、居丈高《いたけだか》にそう言い放つオルガ。

立ち話も何だと言うことで、俺たちはマットさんの家の居間を借りて話をすることになった。

皆でぞろぞろとマットさんの家の居間に集まる。

「……その話はお断りしたはずだが？」

猫耳を若干後ろに反らし、不機嫌な表情のミーシャがオルガに言った。

「なに？　そんな話は聞いていない。お前は僕の言うとおりにしていればよいのだ」

自信満々に反論する彼は、相変わらず感じが悪い。

マットさんもよくこんなヤツを何日も泊められるな。村長の仕事のひとつなんだろうが。

「聞けば、オルガ殿はすでに第一夫人が決まっているご様子。わざわざミーシャを選ばなくてもいいように思うが？」

なんだって？　すでに婚約者がいるのか！　それでさらにミーシャまで娶《めと》ろうとしているのか。

彼女の話を聞いて、危うく声が出そうになった。

「そんなことは関係ない！　一人も二人も結局同じことだ。反抗的だな？　ミーシャ・フォースター」

「一人も二人も同じと言うならば、その第一夫人だけでよいのではないか？」

「ええい、五月蝿《うるさ》い！　次期男爵の僕の言うことが聞けないのか！」

はぁ？　何だよソレ。立場が危うくなったら身分差ゴリ押しかよ！

しかし今のところ、彼は男爵でもなんでもない。貴族の係累《けいるい》ではあるが……

「──だいたい、そばにいるその男は何だ!?　コブつきではないか！」

「なっ!?　コウヘイは関係ない！」

彼の言葉に尻尾を膨らませたミーシャが、頬を上気させながら声を荒《あら》らげる。

「……はは ぁ、そういうことか。分かった。それではミーシャ・フォースターを賭けてその男に決闘を申し込む！」

話半分に聞いていた俺の顔に、手袋が投げつけられた。俺は、咄嗟《とっさ》に投げられた手袋を掴む。

え⁉　決闘？　俺が？　誰と⁉

何だかよく分からないまま、俺とオルガが決闘することになった。俺は困惑するしかなかった。


「す、すまないコウヘイ。ミーシャのために……」

猫耳が伏せられ、若干顔を赤くしたミーシャが言う。

俺がいきなりの出来事に狼狽えていると、使いの人がマットさんの家にやってきた。

「村長！　隊商が来てるぞ！」

お？　モンタナ商会が来たか。アインに荷物を持ってこさせて、取引を済まさないと。

「……とりあえず、この話はあとでいいか？　モンタナ商会との約束を果たさないと」

先月からのトットさんとの約束だ。いきなり申し込まれた決闘なんかより、取引を優先したい。

「む？　そうだな。私たちに構わず、コウヘイは自分の用事を片付けるといい」

「何だと！　僕の用事を後回しにする気か！」

外に出ようとする俺に、オルガが抗議する。

「はいはい。英雄は遅れてやってくると言いますんで、決闘の場が整うまでここはひとつ……」

俺は適当に言葉を紡《つむ》いで、彼を煙《けむ》に巻《ま》こうとする。

「――ぬ。そうかそうか……確かに英雄は遅れてやってくるものだ……よし！　次期男爵の僕が待っていてやろう」

奇跡的に許された。あまりに適当にあしらったから、もっと怒られるかと思ったが……意外とチョロいな、この次期男爵。

ノーナをミーシャに任せて、俺はヤッキさんの家へ行った。

アインに反物の入った背負籠を持たせて、俺たちは村の広場へ向かう。

広場に着くと、隊商が店を広げている途中だった。その中に、トットさんを見つけた。

「おはようございます、トットさん」

「おや？　旦那。おはようごぜえやす」

「今日はよろしくお願いします」

「はいはい。と、さっそくですが、布を見せてもらえやすかい？」

「はい。こちらになります」

俺はアインの背負籠から、反物を一本取り出してトットさんに渡す。

「はい、確かに。どれほど持ってきていただけたんで？」

「全部で二十本ですね」

「それでしたら、あちらのテントで確認させてくだせえ」

トットさんの案内で、俺とアインはテントの中に入る。俺はアインの背負籠から反物を取り出して、中央の大きめのテーブルの上に並べていった。

「……十八、十九、二十、と確かに」

トットさんは数と布の出来映えを、一つひとつ手にとって確認していった。

前回は五本で金貨一枚だったよな。となると、今回は金貨四枚ってところか？

「……どうですか？」

俺は若干不安な面持ちで見守りつつ、トットさんの言葉を待つ。

「へぇ！　相変わらずいい出来でさぁ！　これならどこへ出しても売れるでしょうぜ！」

どうやら合格点のようだ。そんなことを話しつつ商談を進める。

「前回と同じ金額で、全部で金貨四枚ってところでさぁ。どうです？　旦那」

「ああ、大丈夫です。あとはウチも買いたい物があるんで、そっちも済ませていいですか？」

「へい。毎度。何がご入用ですかい？」

「調味料ですね。砂糖があれば欲しいです」

「ありやすよ？　じゃあお代は相殺《そうさい》しときやしょう」

「はい。お願いします」

商談を終えた俺は、トットさんと隊商の店を見て回りながら、必要な物を買い揃えていった。

購入した荷物は、アインの背負籠に入れていく。

ルンは、俺の頭のうえで興味深そうに体を伸ばしていた。

しばらくすると、ノーナの手を引いたミーシャがやってくる。

「コウヘイ、用は済んだのか？」

「ああ、だいたい必要な物は揃ったな！」

「そうか……オルガ殿がまだかまだかと五月蝿《うるさ》いのでな。置いて出てきたんだ」

俺もできれば、彼とはあまり関わり合いになりたくないが、まぁ仕方あるまい。

「旦那、旦那。どうかしやしたんで？」

そこにトットさんから声をかけられ、俺はオルガ・クラスラントという男に決闘を申し込まれた話をかいつまんで伝える。

「へぇ！　旦那も災難ですなぁ……」

話を聞いたトットさんが、驚いた後、同情の目を俺に向けてきた。

「……物は相談ですがね？　その決闘の場をあっしに任せてみちゃくれませんかねぇ」

トットさんが言うには、なんでもちゃんと書類を作ったり準備を担当したりしてくれるそうだ。

「うーん……じゃあお願いします」

そうして俺はいけ好かない彼、もといオルガ・クラスラントとの決闘に臨むのだった。

ミーシャはノーナの手を引き、広場に設けられた隊商の店を見て回っていた。

広場の開けた場所で、決闘の準備が着々とされていく。

ルンを頭に乗せ、俺がそれを他人事のように眺めていると、聞き覚えのある声で呼ばれた。

「あれぇ？　コウヘイさんじゃぁないですかぁ」

「ですです？」

「本当だぜ！」

町で会った冒険者の三人娘だ。こんなところにいるなんて……なぜ？

「おう！　久しぶり。三人はどうしてこんなところに？」

「マロンたちはぁ、隊商のぉ護衛でぇ来ましたぁ」

「ですです！」

「アタシたちも護衛仕事のひとつやふたつできないとな！」

リィナとエミリーが胸を張る。

モンタナ商会の依頼だったか、なるほど。

「コウヘイさんはぁ、どうしてここにぃいるんですかぁ？」

「です？」

「ふんふん」

「俺か？　俺はモンタナ商会との取引だよ。反物の納品があってな？　森まで来てほしかったんだが、この開拓村までしか来られないって言うから、ここを取引場所にしたんだ」

「そうだったんですねぇ」

「じゃあ、ふだんはここの森の奥にいるです？」

「この奥に住んでいるのか！　楽しそうだな！」

いやいや、今でこそ何とかなっているけど、最初のうちは大変だったんだよ？

何やら三人娘が顔を近付けて話し始めた。

よく聞き取れなかったので、準備中の広場を眺めていると、再び声がかかった。

「それでぇ、何かぁ決闘だなんてぇ聞いたんですけどぉ、コウヘイさんはぁ何があったかぁ知ってますぅ？」

「おう。俺がその決闘の当事者だ。実はな……」

俺は三人娘に経緯を説明した。頭の上のルンも、ミョンミョンと伸び縮みしている。

「ミーシャさんを第二夫人に娶るって言ってるです？」

「アタシは難しい話はよく分からん！」

リィナが頭に疑問符を浮かべて尋ね、エミリーは早々と考えるのをやめていた。

「うん。まぁ巻き込まれてなぜか決闘する羽目になったんだよ」

「ごしゅーしょー様ですぅ？」

「ですです！」

「大変だな！」

話している間に、トットさんが近くにやってくる。

「旦那、旦那。書類ができたんで目を通して下せえ」

「はいはい、と」

渡された書類には、ルールの説明が記載されていた。互いを殺害することは禁ずる。多少の怪我はありで、武器の使用もあり、ね。魔法も使えるなら使って構わない、とのこと。

そのほかにも細々した注意事項が書かれている。最後に署名欄があった。

「じゃぁ、がんばってぇくださいぃ」

「ですです」

「アタシたちが応援してるぜ！」

書類に目を通している俺に応援の言葉を残して、三人娘たちが離れていった。

「……はい。これで問題ないです」

「それでしたら、署名欄に名前をお願いしやす」

トットさんから渡された羽根ペンで、サラサラッと名前を記入する。

「それじゃ、あっしはお相手の方にも名前を頂戴してきまさぁ」

そう言ってトットさんも俺から離れていく。

「コウヘイ、どうだ？　勝てそうか？」

「あうー♪」

広場の店を見回っていたミーシャが、ノーナの手を引いてやってきた。

「――どうだろうな？　俺は彼のことは良く知らないし……」

俺は頭の上のルンを撫でながら答える。

「ふむ。腐っても貴族の血をひいているからな。剣はそれなりに使えるだろう。魔法はちょっとミーシャにも分からんな……」

そうか。まぁミーシャも初めて会ったみたいだし、逆に向こうも俺のことはよく知らないはずだ。

しかし、決闘を自ら仕掛けてくるくらいだから、腕に自信があるのだろう。

大丈夫か？　俺。

そうこうしているうちに、決闘の時間になった。

村の広場の中心にはリングのようなものが用意されていた。

円状に打った膝丈くらいの杭をぐるりとロープで囲った、簡易的なものだ。

何やら賭けも行われているみたいで、それは隊商の人が仕切っていた。

おいおい。結構大事《おおごと》になっているな。次期男爵の彼も納得しているのか？

まぁ、トットさんに丸め込まれたとは思うが……

俺はリングの中央で、オルガ・クラスラントと向き合った。

オルガが余裕そうな顔でニヤついている。

リングの中央で向かい合う俺たちに、トットさんがルールの説明をしていく。

先ほどサインした書類に書かれていたことと同じだ。

いつものショートソードを腰に提げ、木の胸当てを装備している俺に対して、彼はよく分からんが何かの金属製の胸当てにサーベルと短剣のようなものを装備している。

こうして見ると、あっちのほうが強そうに見えるな。

そんな俺たちの様子を、リングの外からミーシャとノーナが見守っている。

ルンはノーナの腕の中で、その後ろにはアインもいる。

「コウヘイ！　落ち着いていけ！　コウヘイなら勝てる！」

「あう！」

ミーシャとノーナが応援する。

アインも強く頷き、ルンはノーナの腕の中でミョンミョン伸び縮みしていた。

「ははっ！　勝つのは次期男爵のこの僕だ！」

ずいぶんと自信があるんだな。

「はいはい。ではそろそろ始めさせていただきやすよ？」

トットさんの仕切りに俺とオルガは頷いた。

「――双方、離れていただきやす。……それでは……始めっ！」

お互いにバッと剣を抜く！　俺はショートソードを正眼に構えた。

対してオルガは、サーベルと短剣を抜いて半身の姿勢だ。短剣は櫛歯《くしば》のようになっている。

これはソードブレイカーという武器だっけ。実物は初めて見たな。

ギラリと彼の短剣が光を反射する。

お見合いしていても始まらない。俺はまず一撃当てようと摺《す》り足《あし》で接近すると、前に出ている相手の手首を狙って打ち下ろした。

「シッ！」

俺の短い呼気とともに放った一撃を、オルガはスッと身を引いて躱《かわ》す。

俺は深追いせずにその場に留まった。

……また睨み合いかと思った瞬間、オルガが仕掛けてきた。

「フッ！」

オルガが踏み込みと同時に突きを放つ。

キィンッ――俺はオルガの突きをショートソードで受けて、反撃にこちらも突きを返す。

だが、その攻撃もオルガは難なく躱す。

打ち合いは、オルガのサーベルのほうが軽くて有利か？

身のこなしも滑らかで、オルガは明らかに戦い慣れている様子だった。

「ふはは！　どうした？　コブつき！　そんなものか？」

オルガが挑発する。周囲の観客が盛り上がった。

少し打ち合って分かったが、こいつ普通に強いぞ？

オルガは半身の姿勢から連続で突きを放った。速いし、突きの出始めが見えにくい。

「くっ⁉」

何発かオルガの突きが掠《かす》った！

「ああっ！　コウヘイ！」

ミーシャの悲痛そうな叫び声も遠くに聞こえる。心なしか視界も狭まっているように感じる。

このままではマズイ……

俺は剣を盾代わりに構えて、距離を詰めることにした。オルガは半身の構えをスイッチして反対の腕を前に出す。ソードブレイカーが前になった。

オルガは前に出したソードブレイカーをゆらゆらと揺らし、余裕そうにしていた。

ソードブレイカーとの打ち合いになると、ショートソードが折られる可能性がある。

俺は、オルガのソードブレイカーでの牽制に、前に出ようとした足を止める。

ゆらゆらと揺らされる櫛歯がやけに目立つ。

くっ！　やり辛い……

その後、俺の腰の引けた剣は、オルガの巧みな剣さばきで対処されてしまう。折られないように注意した俺の剣戟は勢いがなく、すべて弾かれていった。

「どうしたどうした⁉　コブつき！　そんなことでは女の一人も守れないぞ？　フハハ！」

オルガは俺の剣をソードブレイカーで払うと、連続で突きを放ってきた。

腕、肩、胸に衝撃が走る。熱のようなものが腕と肩に感じられた。

「ぐっ！」

たまらず俺は後方に跳んだ。見ると腕と肩から出血していた。胸は胸当てで守られたみたいだ。服が裂け、俺の血で赤く染まっていく。

このままでは、負ける……！

俺はオルガの速さについていけていない。対魔物を想定した幅の広いショートソードが良くないのか。

俺は少しの間考えを巡らせてから、大地の力を剣に流して形状を変化させた。

日本刀のような反りで、長さをいくらか伸ばしてみた。必要以上に傷つける意味がないという気持ちもあったから、刃は潰してある。

ほぼ、木刀のような形だ。俺は気合を入れ直して、オルガへと切り込む。

「つらぁ！」

それをソードブレイカーで受けるオルガ。

折られる!?

そう思った瞬間、俺はとっさに大地の力で日本刀もどきを強化するように念じた。

おしっ、耐えたな！

俺はそのまま肩を入れて、体当たりをオルガにぶち当てた。今度はオルガが後ろに吹っ飛び、地面には足跡の線が二本残る。

「くっ！　何だ!?　その剣は!?」

「これか？　その辺の平凡な石っころだよ……」

馬鹿にされたと思ったのか、オルガが顔を赤くさせる。

「石が剣になどなるものか！」

なるんだよなぁ、ソレが。

俺は苦笑しながら間合いを詰めた。

オルガは間合いを外すようにスルスルと円状に移動する。

オルガを追いつつ、日本刀もどきに大地の力を流した。剣が、俺の意思を受けて淡く光る。

剣を伸ばしたり縮めたりして突きを放った。最小の動きを意識しながら、細かく突く。

「ええい！　面妖《めんよう》な！」

俺の執拗《しつよう》な攻撃を嫌がったオルガが、後方に距離を取った。彼は端のロープ沿いに位置取る。

何をする気だ？

「我、オルガ・クラスラントが命ずる！　火精よ集《つど》いて形をなせ、疾《と》く矢となりて……」

オルガが何やらブツブツと呪文のようなものを唱え始めた。俺は警戒しつつ身構える。

「――ファイアボルトッ！」

オルガがソードブレイカーを握っている拳を俺のほうに向けて、魔法を放った。

前に突き出されたオルガの拳から、火で形成された矢が勢い良く射出される。

赤く光り輝く魔法の矢は、俺の顔面に向かってきて、視界を一瞬にして赤く染めた。

「うおっ⁉」

俺は慌てて縦に構えた日本刀もどきで魔法を受ける。

剣に衝撃が走り、両手が痺《しび》れた。

剣に大地の力を流していたおかげか、魔法は真っ二つに裂かれて儚《はかな》くかき消えた。

熱気だけが俺の回りに残り、体温を上昇させる。

「なっ⁉　魔法を斬るとは⁉」

オルガが衝撃を受けていた……俺も驚いているが……

今のは危なかったぜ。あいつ殺害禁止ってのを忘れていないか？

攻撃の勢いを見る限り、いつ重傷を負ってもおかしくないだろうし……死なないためにもう少しこっちも剣以外の力を使うか。

次々と火の魔法を放ってくるオルガに対して、俺はなかなか反撃のチャンスを見出《みいだ》せずにいた。

魔法を避けたら、周りに被害が出てしまう。

野郎、お構い無しにポンポンと魔法を使いやがって……

次々と放たれる火の矢を、大地の力を流した日本刀もどきで切り捨てる。俺の周りの気温がどんどん上昇していき、大量の汗が流れた。

リングの周りの観客が、さらに盛り上がった。一進一退の俺たちの攻防は、いい見世物のようだ。

「これでは埒《らち》が明かぬではないか！」

この戦況に焦れたオルガが憤《いきどお》ると、何やら懐から首飾りのようなものを取り出した。
中央に黄色に輝く宝石が嵌った首飾りが、日の光を反射してキラリと光る。
オルガに魔力視を使ったら、首飾りから勢い良くモヤが溢れていた。
何だかすごそうだぞ!?
「これで終わりだ！」
首飾りを握ったオルガが、自信たっぷりに言い放つ。
魔力視を続けていた俺の視界で、目の前の地面が淡く光り輝いた。
目の前の地面から勢い良く何かが伸びて、俺に向かってくる。
鋭い円錐状の形をした地面が俺を襲った。
「うおっ!?」
放たれた鋭利な地面を、俺は間一髪《かんいっぱつ》で躱した。たまたま魔力視していて助かった……
どうやら、この土の針は、あの首飾りの力で出てきているようだ。
先ほどとは違う場所の地面が淡く輝き、瞬《また》く間に地面から針が伸びてくる。
俺は魔力視で確認しながら、針を躱した。
「ええい！　避けるな！」
なかなか決まらない勝負に、オルガはいらいらしている。
無茶言うな！　こんなの食らったら一溜まりもないぞ!?

次々と放たれる地面からの針攻撃に、俺は避けることしかできない……いや、本当にそうか？

俺は日本刀もどきを地面へと突き刺して、その場に片膝立ちになって手を地面につける。

「はっ！　そうだ！　貴様はそうやって跪《ひざまず》いて許しを乞うのがお似合い……何だとっ!?」

地面に手をついた俺を見て、オルガは勘違いした後、すぐに驚きの声を上げる。

俺の大地の力と、オルガの首飾りの能力が拮抗している。俺とオルガの間の地面は、軋むような音を立てながらわずかに揺れていた。

「何が起きている!?」

オルガは首飾りを握りしめながら、困惑の表情だ。

地面を操る力なら俺も負けないぜ！

周囲の観客たちも何が起こっているのか分からないのか、戸惑いの声を上げていた。

パッと見の俺たちは、動きを止めて見つめ合っているようにしか見えないからな。

「むぅ！　なぜだ、大地のタリスマン。なぜ動かん!!」

首飾りに魔力を流し続けながら、オルガはご立腹の様子。

俺は地面に手をついて、大地の力を流し続ける。地面から反発するような感触があった。

ギシギシと地面が音を立てて揺れ続ける中、バキン！　という音がオルガのほうから聞こえてきた。

「ぬわーーっっ!!　家宝の首飾りが！」

音を立てて二つに割れた首飾りを見て、オルガが狼狽えた。

ここだ。地面から反発する感触が無くなり、俺は大地の力をオルガの方に向けて伸ばした。

四腕熊に使った、大地の力での拘束だ。そのまま地面にオルガをめり込ませていく。

「何だコレは！」

地面から首だけを出して戸惑うオルガに対して、俺は日本刀もどきを打ち下ろした。

俺の一撃を受けて、オルガは白目を剥《む》いて気を失う。

「こんな狭いところで無茶するんじゃねーよ！　危ねーだろうが！」

溜まった鬱憤《うっぷん》を晴らすように、俺はそう言い放つ。こうして決闘は終わったのだった。


決闘は結局、俺の勝利で終わった。

オルガによって負わされた傷を、手持ちのポーションで癒《い》やす。火照《ほて》った体にかけられたポーションは、ひんやりと感じられた。

「いてて、あいつ手加減なしで突いてきやがって！」

俺は水球で血を洗い流して、破れた服や胸当てなんかを大地の力で修繕した。

オルガはといえば、村人たちに地面から掘り起こされて、その場に寝かされている。

付き人のような人が、彼の手当をしているようだった。

オルガの馬車の御者《ぎょしゃ》をしていたお爺《じい》さんで、妙に手慣れていた。

ミーシャと、ルンを抱えたノーナが近づいてくる。アインも一緒だ。

「よく勝った！　コウヘイ」

「あう♪」

ミーシャは少し顔を上気させていて嬉しそうだ。猫耳がピコピコと動いている。

「いやー、結構手強かったぞ？　アイツ」

「うむ。言うだけのことはあった、というところか。魔法も使ってきたしな」

俺も彼がまさか魔法を使えるとは思ってもいなかった。

ちゃんと詠唱している攻撃魔法を見るのも初めてだった。

むしろ、あのまま剣だけの勝負をしていたら分からなかっただろう。もっとも、負けるつもりは毛頭ないので、最終的には大地の力を使っていたのだろうけども。

それにしてもポーションってすげぇな！　もう傷が塞がったぞ？　帰ったらもう少し作っておくべきか？　それからルンに手伝ってもらって、濃縮ポーションも作っておこう。普通のポーションでこれだけ回復するなら、濃縮ポーションならもっと効果がありそうだし。

「――旦那、旦那。お見事でごぜえやした」

トットさんがやってきた。

「ええ、途中怪しいところはありましたが、何とか勝てました」

「そうでごぜえやすか？　あっしには戦いのことなんてよく分からねえもんですから」

トットさんの返答を聞いて、俺は苦笑した。

「そういえば、隊商は今日村を発つんですか？」

「いやいや、二、三日はここで商売していきまさぁ」

「そうなんですか。次の取引はどうしましょうか？」

「ウチも定期的に取引できるとありがてえでやすが、そちらのご都合で構わねえでやすよ？」

「じゃあ、また来月の最初の陰の日にここで取引で大丈夫ですか？」

「はいはい。わかりやした」

「では、またその日に。調味料や日用品も買わせていただきます」

「わかりやした。またのお越しをお待ちしておりやす」

トットさんと別れ、皆でヤッキさんのお宅へ向かった。

「――ミーシャ、帰りはどうする？」

「……ふむ。日はまだ高いし、すぐに発ってもいいがな。コウヘイは疲れていないのか？」

「ああ、ポーションで回復できたから。用事も済んだし、このまま出ちゃうか？」

「うむ。ではそうするか。マットに挨拶をしていかねばな」

「分かった」

皆でヤッキさんの家に上がらせてもらい、出発する準備をしていく。ヤッキさんにお礼を言って、お金を渡した。

マットさんとサラさんにも別れの挨拶をした。オルガはまだ目を覚ましていないようだ。

彼が起きると五月蝿いだろうから、その前に早いところ出よう。

そして皆で村の入口に向かうと、三人娘に声をかけられる。

「あれぇ、もう帰っちゃうですかぁ？」

「ですです？」

「だぜ⁉」

俺のもとに駆け寄ってくるマロン、リィナ、エミリー。

「ああ、もう用事も全部済んだしな。明るいうちに出ちゃおうと思って」

帰る旨を伝えると、マロンたちが慌て出した。

「ちょっとぉ待っていてぇもらえぇますかぁ？」

「ですです！」

「入り口のところにいてほしいんだぜ！」

三人娘がバタバタと来た道を戻っていった。

「何だ？　いったい……」

俺とミーシャは顔を見合わせた。ノーナもほへぇっとした顔で見ている。

三人娘に言われるがままゆっくりと村の入口へ向かって、しばらくそこで待っていると——

「お待たせぇ、しましたぁ、はぁはぁ」

「ですー、はぁはぁ」

「はぁはぁ、アタシたちも一緒にいくんだぜ！」

三人が息を切らせて、そんなことを言ってきた。背中には荷物を背負っていて、どうやら本格的についてくるようだ。

「ふむ？　森の住人が増えるのか？」

「……いやいや。護衛の仕事はどうした⁉」

ミーシャが見当違いのことを言うのを聞きつつ、俺は三人に確認する。

「半分はぁ達成しているのでぇ、キャンセルしてきましたぁ」

「ですです」

「依頼主のトットさんからも問題ないって言ってもらったんだぜ！」

俺は軽く眩暈《めまい》を覚えた。

だが聞けば護衛の仕事は、行きと帰りで別々になっており、この時点で辞退しても大丈夫らしい。

基本は頼み直すのが億劫《おっくう》だから、往復で同じ冒険者に依頼することが多いそうだ。

村にも他の冒険者がいるから、護衛には困らないかもしれんが……

このノリで、ダンジョンでも七階層まで降りたんだろうな、たぶん。まぁ、拠点自体は広くなったし、今なら人が多少増えても――

「何とかなるかな？」

「うむ。ミーシャは歓迎だ」

「あう♪」

ノーナも嬉しそうだ。いや、状況は分かってなさそうだけれども。

そんなこんなで、人数が増えたところで村を発つ。帰りは賑やかだった。

「本当にぃ森の中ぁなんですねぇ」

「です！」

「ははっ！　木しかないんだぜ！」

「君たち、いちおう警戒も忘れないでくれよ？　ここら辺は四腕熊なんかも出たことがあるんだからな」

浮かれた様子のマロン、リィナ、エミリーに、俺は警戒を促す。

「四腕熊ですかぁ？」

「です？」

「アタシたちじゃ太刀打《たちう》ちできないぜ！」

「まぁ、そいつはもう倒したし、ここら辺は多分大丈夫だろうけれど……」

「うむ。この人数で探査をすれば万全だろう」

ミーシャの言うとおり、皆で注意していれば遭遇することもないかな。

「……だな。でもその前に、君たちは魔力探査はできるのか？」

俺は三人娘に魔力探査ができるのか尋ねる。

「マロンはぁ、少しぃできますぅ」

「リィは苦手です」

「アタシはできないぞ！」

ほぼ苦手、ということで、俺は三人娘に軽く魔力探査をレクチャーしながら歩いた。

ルンはそんな俺の頭の上にいる。時折、ミョンミョンと体を上下に伸ばしていた。

ノーナも機嫌良さそうに木の枝を振り回して歩いている。

往路もそうだったが、この子は全然グズらないな。これくらいの子なら、歩くのを途中で嫌がりそうなものだけど。


皆で途中で一泊して、湖までやってきた。

俺は楽しそうに歩いている三人娘に声をかけた。

「——もうすぐウチの拠点だ。この湖の先にあるんだ」

森の切れ間から湖の水面が眼前に広がり、まばゆい光が反射している。

「はいぃ、いい景色ですねぇ♪」

「です！」

「魚は捕れるのか!?」

湖が広がる景色を見てマロンがうっとりしていた。リィナとエミリーもはしゃいでいる。

彼女たちの声が静かな湖畔《こはん》に響き渡った。

「おう。釣れるぞ。ウチでは燻製にすることが多いな」

「燻製ですかぁ、美味しそうですねぇ」

「ですです♪」

「アタシは早く釣りがしたいんだぜ！」

「うむ。コウヘイの作った物は基本美味いぞ」

三人に頷き、ミーシャが俺の料理を褒めてくれた。そう言ってもらえて嬉しいな。

「ほんじゃ、今日の夕食は魚を使って何かを作るか」

「あうー♪」

ちょうどお昼を回ったくらいで、俺たちは拠点へ辿り着く。

昼食は、ダンジョンでも食べていたシリアルバーもどきで軽く済ませた。

拠点の外観を見回して、動物に荒らされていないかを確認したが、特に異常なし。

荷物をサッと下ろしてから、三人娘をリビングへと案内する。

「ここがウチのリビングだ。少しここで待っていて欲しい」

「はいぃ、囲炉裏がありますぅ」

「ですです」

「木の匂いがするぞ！」

ミーシャは自分の部屋へ、俺はアインを連れて外の倉庫へ向かった。ノーナもトテトテと俺たちの後をついてきた。アインの背負籠の荷物を倉庫へと移し、俺とアインは木の集積場となっている広場の端へ移動する。アインに手伝ってもらって、木を小屋のそばまで運んでもらった。

今から作ろうとしているのは、三人娘たちの住む場所だ。

「まずは整地だな」

新しく部屋を造るべく、小屋の隣の地面を大地の力でサクッと整地した。小屋を増築するイメージで大地の力を操ると、あっと言う間に部屋が三つ出来上がった。

「こんなもんかな？」

だんだんと規模が小屋とは言えなくなってきた気がする。まぁいいか。

俺は中に入り、三人娘を新しく作った部屋に案内した。

「わぁ、立派なぁお部屋ですぅ」

「ですです♪」

「アタシはこの部屋がいいんだぜ！」

三人娘にも好評のようで何より。

「三人とも、これらの部屋を使ってくれ。風呂もあるから、荷を下ろしたら使っていいぞ。その間にベッドとか作っておくから」

今のところはただ空間だけで家具がない。寝具は早めに揃えないと。

「お風呂があるんですかぁ？」

「です？」

「フロって何なんだぜ？」

「風呂は体を洗うところだよ。ちょっと待っててな」

三人の質問にそう答え、俺はタオルや垢すりを外の木の端材から作り出して、ソープナッツを倉庫から持ってくる。

「ミーシャ！　三人に風呂の入り方を教えてやってくれないか？　ついでにノーナも入れてやってくれ！」

俺はミーシャに三人娘とノーナのことを任せようと声をかけた。

「うむ。ミーシャもちょうど入りたいと思っていたところだ」

お風呂セットと着替えを持って、ミーシャが部屋から出てきた。

俺はノーナの着替えをミーシャに手渡して、お風呂用品を持って三人娘のところへ戻る。

「――これらを使ってくれ。着替えはあるか？　風呂の使い方はミーシャに聞いてくれ」

「はいぃ、分かりましたぁ」

「着替えはあるです」

「何だかおもしろそうだな！」

ノーナの手を引いて外へ行くミーシャに、三人娘もついていった。

ルンも俺の頭から飛び降りて、ポンポンとついていく。

「さて、今のうちに……と」

アインを連れてまた外の木の集積場へ向かい、手頃な木をアインに持ってもらった。

皆が風呂に入っている間に、俺はベッドの部品を作っていく。

小屋の外で製材した木材を部屋の中で組み立てて、干し草を大地の力で作り出し、ベッドに敷いた。

最後に大地の力で作った布を被せれば完成だ！

ついでにちょっとした机もそれぞれ三つ作った。銀月亭の部屋を参考にしたのだ。

アインに大地の力を流すと、リビングの端で待機姿勢になった。

自分の荷物を片付け終えて、俺はベッドに腰掛けた。

「ふぅ、人心地ついたな」

今でこそのんびりと過ごしているが、この森に飛ばされた当初は大変だったのを思い出して、苦笑いがこぼれる。

なにせ、着の身着のまま森に放り出されたものだから、最初は不安と焦りにかられた。

簡易鑑定と大地の力でなんとか生活していったのを思い出す。

簡易鑑定は結構役に立ったけど、大地の力がなかったら詰んでいたよな……

俺をこの世界に飛ばした自称神様――ロキ神の仕打ちを思い出して、俺は顔をしかめる。

実際、簡易鑑定と異言語理解のみでは、この森での生活は早々に破綻《はたん》していただろう。

これだけの能力で俺にどうして欲しかったのだろうか……

それに俺がこの世界に移動するだけで用が済む、みたいなことをロキ神が言っていたような気もする。

元高校生の一人である俺では、分からない何かがあったということか？

考え込んでいるうちに、窓の外から風が心地よく吹き込んできた。

「まあ、それはどうでもいいか。この森での生活にも慣れてきたしな」

ミーシャとノーナ、三人娘の楽しげな声が聞こえてくる。

風呂に満足してくれているようで何よりだ。

穏やかな風が俺の心を落ち着かせる。

俺は腰を上げると小屋の外へと出て、裏へと回った。

俺は地蔵尊とロキ神の像にお供え物をして、手を合わせる。

ポワッと光りながらお供え物が宙に消えていく様子を見届けた。

お地蔵様、大地の力をありがとう。俺は元気にやっています。

あたりを見回すと、相変わらず森は静かで、サワサワと風が緑を撫でる音が聞こえてくる。

胸いっぱいに森の新鮮な空気を吸い込んでから、俺は釣りをするべく湖に向かうのだった。


日は緩やかに落ちていき、差し込む光が湖と俺を照らす。そろそろ夕方に差しかかる頃合いだ。

「っと、ぼちぼち夕飯の準備をしなきゃな」

充分な釣果を得た俺は、小屋へと引き返す。

台所に行き、充実させたばかりの調味料入れを見て、俺はフフンと得意になった。

やっぱり隊商と取引できるようになったのはありがたいな！

町へ行くことで色々と充実させたが、使えば減るのだ。その度に町へ行くのはいささか効率が悪かった。月に一度のモンタナ商会との取引で、必需品を購入できるのは非常に助かる。

俺は手を清めると、米を炊いて、おかずの調理に取りかかる。

まずはニジカワの下処理をして、岩塩とコショウもどきを魚の両面とお腹の中にまぶす。

次に、小麦粉を魚の両面に薄くまぶしてから、魚の両面を焦げ目がつくまで焼いた。

魚の上にバターをのせて全体にからめれば、ニジカワのムニエルの完成だ。

みそ汁もどきもサッと作り、準備を済ませた。

これで今晩の夕飯は大丈夫かな。

「住人は増えたけれど、今後どんな風に過ごしていこうか？」

ふと俺は自分に問いかけた。

もちろん、冒険や戦闘のような困難もあるかもしれない。未知の世界には危険も存在する。

だが、今は頼れるミーシャもアインもいる。俺自身も大地の力の使い方が分かってきたから、どんな状況にでも立ち向かえるはずだ。

だが、釣りを楽しんだり、料理を作ったり、森林を散策したり……自分のペースで生活するのも魅力的な選択肢だと感じた。

それにもしかしたら、この森の中には、俺が知らないだけで、他の人々や種族との交流の場もあるかもしれない。

まだ見ぬ出会いに思いを馳せていたら、ちょうどミーシャたちがお風呂から戻ってきた。

皆満足げな顔で、食卓につく。

最初は一人から始まった、森暮らしは徐々に仲間が増えて、今はこんなにも賑やかになった。

何はともあれ、これからの生活も楽しみだな。

俺は料理に手を伸ばしつつ、皆の顔を見てそんなことを考えるのだった。

月が導く異世界道中
Tsukiga Michibiku Isekai Dochu
あずみ圭
Azumi Kei
1～18
8.5
シリーズ累計
350万部
(電子含む)
の超人気作!
TVアニメ 第2期
2024年1月から
2クール
放送決定!
月が導く異世界道中
あずみ圭
異世界へと召喚された平凡な高校生、深澄真。彼は女神に「顔が不細工」と罵られ、問答無用で最果ての荒野に飛ばされてしまう。人の温もりを求めて彷徨う真だが、仲間になった美女達は、元竜と元蜘蛛!?　とことん不運、されどチート な真の異世界珍道中が始まった!
薄幸系男子の成り上がりファンタジー、開幕!
なんでだろう 親の都合で異世界へ
第5回アルファポリスファンタジー小説大賞 読者賞受賞作!
待望の書籍化!
月が導く異世界道中
あずみ圭
木野コトラ
とことん不運、されどチート!!
2期までに
原作シリーズもチェック!
漫画：木野コトラ
●各定価：1320円(10%税込)
●illustration：マツモトミツアキ
1～18巻好評発売中!!
●各定価：748円(10%税込) ●B6判
コミックス1～12巻好評発売中!

工芸職人《クラフトマン》はセカンドライフを謳歌する
鈴木竜一
Ryuuichi Suzuki
天才工芸職人ののんびりプチ隠居ライフ、開幕！
ブラック商会をクビになったので
DIYに 旅行に 畑いじり!?
好きなことだけで生きていく
前世の日本でも、現世の異世界でも、超ブラックな環境で働かされていた転生者ウィルム。ある日、理不尽に仕事をクビにされた彼は、好きなことだけしかしないセカンドライフを送ろうと決めた。簡素な山小屋に住み、好きなモノ作りをし、気分次第で好きなところへ赴いて、畑いじりをする。そんな最高の暮らしをするはずだったが……大貴族、Sランク冒険者、伝説的な鍛冶師といったウィルムを慕う顧客たちが彼のもとに押し寄せ、やがて国さえ巻き込む大騒動に拡大してしまう……!?
●定価：1320円（10%税込）●ISBN978-4-434-32186-3
●Illustration：ゆーにっと

見捨てられた
万能者は、
やがてどん底から
成り上がる
1・2
[著]グリゴリ
人外な仲間達と楽しく
やり直したい!
実は超万能(?)な
元荷物持ちの、成り上がりファンタジー!
王国中にその名を轟かせるSランクパーティ『銀狼の牙』。そこで荷物持ちをしていたクロードは、器用貧乏で役立たずなジョブ「万能者」であることを理由に追放されてしまう。絶望のどん底に落ちたクロードだが、ひょんなことがきっかけで「万能者」が進化。強大な力を獲得し、冒険者としてやり直そう……と思っていたら、仲間にした狼が五つ子を生んだり、レベルアップを告げる声が意思を得たり……冒険の旅路ははちゃめちゃなことばかり!?　それでも、クロードは仲間達と楽しく自由に成り上がっていく!
●各定価:1320円(10%税込)　●Illustration:山椒魚
見捨てられた
万能者は、
やがてどん底から
成り上がる
2
グリゴリ
可愛い五つ子狼たちと
魔ダンジョンを探険!?

この作品に対する皆様のご意見・ご感想をお待ちしております。

おハガキ・お手紙は以下の宛先にお送りください。

【宛先】

〒150-6008 東京都渋谷区恵比寿 4-20-3 恵比寿ｶﾞｰﾃﾞﾝﾌﾟﾚｲｽﾀﾜｰ 8F
（株）アルファポリス　書籍感想係

メールフォームでのご意見・ご感想は右のＱＲコードから、
あるいは以下のワードで検索をかけてください。

アルファポリス　書籍の感想　検索

ご感想はこちらから

本書は Web サイト「アルファポリス」（https://www.alphapolis.co.jp/）に投稿されたものを、改題・改稿のうえ、書籍化したものです。

異世界《いせかい》に射出《しゃしゅつ》された俺《おれ》、『大地《だいち》の力《ちから》』で快適森暮《かいてきもりぐ》らし始《はじ》めます！

らもえ

2023年　7月30日初版発行

編集－小島正寛・仙波邦彦・宮坂剛
編集長－太田鉄平
発行者－梶本雄介
発行所－株式会社アルファポリス
〒150-6008 東京都渋谷区恵比寿4-20-3 恵比寿ｶﾞｰﾃﾞﾝﾌﾟﾚｲｽﾀﾜｰ8F
TEL 03-6277-1601（営業）　03-6277-1602（編集）
URL https://www.alphapolis.co.jp/
発売元－株式会社星雲社（共同出版社・流通責任出版社）
〒112-0005 東京都文京区水道1-3-30
TEL 03-3868-3275
装丁・本文イラスト－コダケ
装丁デザイン－AFTERGLOW
印刷－図書印刷株式会社

価格はカバーに表示されてあります。

落丁乱丁の場合はアルファポリスまでご連絡ください。

送料は小社負担でお取り替えします。

ISBN 978-4-434-32310-2 C0093